甲질乙丙丁戊己 乙酉戌亥（희생자배보상）

政治

耳헐령 非헐령

日

法

사단 법인 호남多지역 과거사 유족회

회장 고재언 자서전

도화

政治 法 曰 日 퍄힐령 퍄힐령

초판 1쇄인쇄 2016년 3월 22일
초판 1쇄발행 2016년 3월 25일

저 자 고재언

발행인 박지연

발행처 도서출판 도화

등 록 2013년 11월 19일 제2013-000124호

주 소 서울시 송파구 성내천로 39

전 화 02) 3012-1030

팩 스 02) 3012-1031

전자우편 dohwa1030@daum.net

인 쇄 미래프린팅

ISBN | 979-11-86644-09-6*03810

정가 15,000원

도화道化, fool는
고정적인 질서에 대한 익살맞은 비판자,
고정화된 사고의 틀을 해체한다는 뜻입니다.

차례

제1장

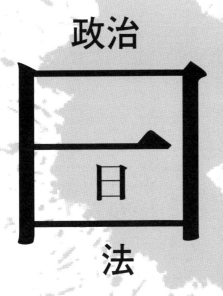

政治

日

法

- · 전남 담양 11개 지역
- · 문경 석달동 사건
- · 울산, 오창 국민보도연맹사건
- · 해남 나주 사건
- · 고양 금정굴 사건

1. 전남 담양 11개 지역 진실규명과 배보상

2005년 12월 3일 나는 경찰청 과거사 진실규명 위원회에 아버지를 진실규명에 의해 충분한 배보상 해달라고 요구했다. 2005년 12월 29일에는 진실화해를 위한 과거사 정리위원회 설립 즉시 진실규명신청을 했다.

경찰청은 2007년 6월 25일 2년여 동안 다섯 차례의 진실 조사 후 규명 불능임을 통보받았다.

경찰도 불에 타고 없는 자료를 토대로 조사를 하려고 하니 수월하게 일이 진행되지는 않았다. 진실 화해를 위한 과거사 정리위원회는 모든 진실 규명을 밝혀달라고 했음에도 통보는 늦어졌다. 지연사유를 몰라 수차례 항의 방문하였으나 2010년 5월 18일 종료 맨 마지막에 전남 담양 등 11개 지역은 군경에 의한 민간인 희생 사건으로 규명해 주었다.

채의진 회장은 60년 투쟁으로 2005년 5월 3일 대통령 직속 과거사진실규명위원회 설치와 특별법으로 이끌어낸 유가족에게는 영웅같은 사람이다.

채 회장의 각고한 노력으로 나는 아버지의 누명이 벗겨지나 싶어 그동안 우리 가족이 마음고생 하며 산 세월이 주마등처럼 떠오르며 슬픔이 밀려왔다. 재판도 하지 않고 군인에게 희생당했다는 진실을 듣고 그 억울함에 잠을 이루지 못했다. 어머니에게 그 사실을 알리자 통곡을 했다. 할머니는 평생 가슴에 아들을 묻고 진실을 알지 못한 채 돌아가셔서 그 한의 몫까지 어머니는 슬퍼했다. 아버지의 억울한 죽음을 알았으니 그동안 우리 가족의 통탄의 울분을 국가가 당연히 보상을 표지에 기록 후 즉시 배보상을 해달라고 요구할 계획이었다.

나는 호남지역의 담양과 11개 지역의 유족회 회장으로서 활동했다.

2011년 1월 경찰청으로부터 나에게 유족회를 결성하고 위령제비 청구하여 위령제를 하라고 연락이 왔다. 억울하게 죽은 영혼이 위령제로 달래질 수는 없겠지만 나는 즉시 진실규명 결정서를 가지고 희생자의 가족을 찾아 나섰다. 그러나 유족들을 찾기가 불가하였다. 상흔의 아픔을 가진 곳에서 살 수 없었는지 거의 이사를 갔고 죽었거나 행방을 알 수가 없어 연락이 불가하였다.

나는 행자부 담당자와 마주 앉았다. 진한 커피향이 사무실에 가득 찼다.

"유족들의 연락처를 알아내기가 무척 힘이 듭니다."

나는 난감한 표정으로 담당자를 바라보며 고충을 토로했다.

"개인 정보 유출을 두려워한 유족 중엔 연락처를 삭제를 하기도 했습니다."

담당자 또한 유족들을 파악하는 것의 어려움을 알아주는 듯했다. 그가 차를 입으로 가져가며 무언가를 생각했다.

"영광은 군민 절반이 희생되어 더 파악하기가 어려울 것입니다. 어떤 집은 호적정리할 사람도 없고 교육을 못 받아 문맹으로 신고를 못하여 소송도 할 수가 없습니다. 이 일을 하는 고 회장님의 노고가 참 많습니다."

"어린이까지 포함하여 한 가족이 몰살당한 집은 소송은커녕 신고도 못하는 유가족이 많더군요. 군에서도 유가족 찾는데 협조를 해야 한다고 생각합니다."

"고 회장님, 국가기록원에 가서서 부탁을 드려보십시오. 유가족 회장이라면 열람이 가능할 것입니다."

"그들의 소재파악만 할 수 있다면 어디든 못가겠습니까. 그들을 하루 속히 찾아내어 그동안 억울하게 산 세월을 보상해 주어야 합니다. 이런 일은 국가가 책임을 지고 적극적으로 찾아 나서야 하는데……"

나는 담당자의 말에 귀가 번쩍 뜨여 반가운 마음이 들었다.

나는 행자부의 권유대로 국가 기록원에 들어갔다. 나는 자료를 앞에 두고 한 사람이라도 더 찾아내려고 눈에 불을 켜고 기록을 샅샅이 뒤졌다. 두 번의 방문으로 648명 유가족의 개인 정보를 얻을 수가 있었다. 648명 유가족의 명단을 작성하여 경찰에 위령제비를 청구했다.

2012년 3월 4일 서울 장춘동 자유 총연맹 이승만 동상 앞에서 위령제비 200만 원을 지원받아 경찰청장의 조화로 경찰청 담당 과장 참석하에 성대하게 위령제를 지냈다.

4·19 혁명 때 시민들에 의해 철거 된 이승만 동상은 50년만에 남산에 다시 세워졌다.

기단부가 높아 이승만 동상을 우러러 보지 않을 수 없도록 해 놓은 것이 몹시도 언짢았다. 그 수많은 사람을 좌익, 빨갱이로 몰은 폭군을 우러러 봐야 한다 생각하니 고개를 들어 동상을 보지 않았다. 앞에 차려진 제상의 음식은 이승만 동상 앞에서 분노로 발딱 일어서 있었다.

유족들은 이승만 동상 앞에서 거의 침묵이었다. 위령제를 왜 가족을 죽인 원흉인 이승만 동상 앞에서 지내느냐 의아한 표정이었다.

약간 차가운 봄바람은 유족들의 아픈 마음을 헤집고 들어왔다. 유족의 통곡 소리는 그동안 슬픔을 감추었던 마음들이 서럽게서럽게 일렁이는 것이었다.

위령제를 드리고 유족 회장명으로 2012년 3월 4일부터 2014년 12월까지 국가 배상 손배상 소송을 진행하는 절차를 밟았다.

전남 담양 등 11개지역의 배보상 소송은 덕수법인에 소송을 맡겼다. 고흥 보성 지역 관련 유족은 유족회 결성이 없고 손배상 소송이 불가하여 또다시 유족들의 연락처를 국가기록원에서 조회하여 개인 정보를 입수하였다. 전남 동부, 영광, 전북, 광주 형무소 사건 유족들의 개인정보를 알아내었다.

희생자 100명 유족의 개인정보 입수를 통보하여 80여 명의 희생자에 대한 소송을 덕수법인과 정평법인, 위너스법인에 11개건으로 소송을 진행했다.

전남 담양 등 11개 지역은 신청인·참고인 진술조사와 문헌 자료 조사를 통해 1948년 9월부터 1950년 5월 16일 사이에 전라남도 담양 등 11개 지역에서 군인과 경찰에 의한 민간인 희생사건이 발생하여 진실규명대상자 45명과 조사과정에서 인지된 29명 등 총 74명이 희생당한 사실을 확인 또는 추정하여 진실을 규명한 사례를 가지고 소송에 들어갔다.

이 시기 군경은 반군 진압작전과 토벌작전을 전개하면서 반군과 이에 가담한 협력자를 색출하는 작업에 나섰고, 이때 민간인들이 반군에게 밥을 해주었다거나 14연대 군인의 가족이라는 이유 등으로 살해되는 사건이었다.

사건 발생 장소를 살펴보면, 고흥군에서 1건이 발생하여 1명, 곡성군에서 6건이 발생하여 11명, 구례군에서 8건이 발생하여 21명, 담양군에서 2건이 발생하여 13명, 목포시에서 1건이 발생하여 1명, 보성군에서 3건이 발생하여 3명, 순천시에서 2건이 발생하여 8명, 신안군에서 1건이 발생하여 1명, 영암군에서 2건이 발생하여 2명, 장성군에서 1건이 발생하여 일가족 9명, 장흥군에서 3건이 발생하여 3명이 희생되었다. 이는 신청사건 위주의 조사결과이다. 신청사건 중에서도 구례지역, 순천지역, 보성·고흥지역에서 이미 진실규명 된 사건들을 제외한 조사결과라는 한계가 있었다. 조사를 통해서 알 수 있는 것은 전라남도 동부지역 외에 신안, 영암, 장성 등 전라남도 각지에 여순사건의 피해가 미쳤다는 사실을 알 수 있다.

이때 희생당한 사람들의 죄명은 다음과 같았다.

첫째, 반군이나 빨치산 협조 혐의로 희생당한 경우로 당시 반군이나 빨치산 활동 지역에 거주하던 주민들은 생존을 위해 반군에게 협조하지 않을 수 없었다.

둘째, 반군이나 좌익 활동에 가담한 혐의로 희생당한 경우로 군경은 구체적인 가담 사실을 확인하는 절차를 거치지 않았다. 내 아버지의 경우가 이런 것이 아닌가 한다.

셋째, 군경이 신원도 확인하지 않고 무차별 발포하여 희생된 경우다.

넷째, 반군 색출 과정이나 경찰서 등 습격사건 후의 보복성 조사 도중 특별한 이유 없이 희생당하거나, 무고와 모략으로 인해 희생당한 경우다.

다섯째, 대살(代殺)로, 제14연대 군인의 가족이라는 이유만으로 희생당한 경우이다.

여섯째, 반군 등에 협조한 뒤 지서 등에 자진 신고하러 갔다가 사살당한 경우다.

이들을 가해한 주체는 국군 제3연대, 제12연대, 제15연대와 전남 경찰국 산하 각 지역 경찰로 확인되었다. 제3연대는 구례군 산동면에 주둔하면서 토벌작전을 진행하는 과정에서 주민들을 반군 협조 혐의로 원달리 달전마을, 원촌국민학교 등지에서 살해하였다.

제12연대는 순천 황전면, 구례 각 면에서 토벌작전 도중 주민들을 반군 협조 혐의로 섬진강 양전지구, 간전면 간문천변 등지에서 살해하였다.

제15연대는 순천시 송광면 등지에서 빨치산 협조 혐의로 주민들을 살해하였다.

전남경찰국 산하 벌교경찰서, 곡성경찰서, 담양경찰서, 목포

경찰서, 보성경찰서, 순천경찰서, 영암경찰서, 장성경찰서, 장흥경찰서 등과 각 지역 지서 경찰, 경찰토벌대 역시 반군 진압 작전과 빨치산 토벌하는 과정에서 주민들을 본서나 읍면별 지서로 연행하여 고문, 구타한 뒤 해당 관내에서 살해하였다.

'진실·화해를 위한 과거사 정리위원회(이하진실화해위원회)'는 진실규명 신청 기간(2005.12. 1~2006. 11. 30) 동안 군경이 국군 제14연대의 반란을 진압하는 과정에서 민간인을 살해했다고 주장하는 사건(총 832건)을 접수하였다.

진실화해위원회는 상기 접수된 사건을 집단희생규명위원회 제14차 회의(2006. 7. 25. 구례봉성산여순사건 9건), 제17차 회의(2006. 9. 29., 구례봉성산여순사건 3건), 제20차 회의(2006. 10. 31. 288건), 제26차 회의(2007. 1. 30. 414건), 제28차 회의(2007. 2. 13. 63건), 제30차 회의(2007. 2. 28. 7건)에서 병합하여 조사하기로 의결하였다. 또한 본 사건의 명칭을 '여순사건'으로 결정(조사1팀-1373, 2006. 11. 10.)하였다. 제39차 전원위원회(2007. 3.6.)는 여순사건을 "역사적으로 중요한 사건"으로 규정하여, 직권조사하기로 의결(48건 병합·조사개시 포함)하였다.

그 뒤 전라남도 구례지역에서 발생한 여순사건에 대해서는 2008. 7. 17. 순천지역에서 발생한 여순사건에 대해서는 2009. 1. 5. 보성·고흥지역에서 발생한 여순사건에 대해서는 2009. 11. 10. 진실규명이 결정되었다.

본 결정서의 조사 대상 사건은 위의 결정서에서 누락된 고흥지역 여순사건 1건, 구례지역 여순사건 8건, 보성지역 여순사건 3건, 순천지역 여순사건 2건 등 14건과, 곡성·담양·목포·신안·영암·장성·장흥지역에서 발생한 사건 16건 등 총 30건이다.

조사대상 사건 30건을 조사하여 사건발생지역, 진실규명대상자의 거주 지역과 사건 유형 등 사건의 특성을 반영하여 사건명을 정하였다. 예를 들면, 집단희생사건은 '○○군 ○○면 ○○(희생장소) 희생사건', 개인이나 가족이 희생당한 사건은 희생장소와 진실규명 대상자의 이름을 넣어 '○○군 ○○면 ○○리 ○○○(또는 ○○○가족) 희생사건'으로 사건명을 정하였다.

참고 : 전남 담양 등 11개 지역 군경에 의한 민간인 희생 사건

우리가 추진한 사건 가운데 시신이 없는 유족 10여 명은 기각되었다.

2년에 걸쳐 원심 1,000건을 항소하고 상고 700건의 사건번호 기록과 공판에 참석했다. 공판 결과 파악 자료를 확보해 놓았다.

그러나 과거사 전 사건이 대법 상고에 불속행 이행으로 기각되어 희생자 팔천, 배우자 사천, 부모, 자녀는 팔백, 형제 자매는 사백의 보상을 받았다.

이 어처구니없는 보상 앞에 우리 유족들은 실망을 금치 못했다.

우리집에서 송판으로 책걸상을 손수 만들어 골방에서 인근 마을 문맹자를 가르치며 야학을 했던 우리 아버지는 심훈의 상록수 주인공 같은 분으로 살아계셨더라면 대학 교수도 하고 장관도 하실 수 있고 대사업가도 될 수 있는데 60년여의 세월을 보상한다는 것이 겨우 8.4.8.4가 무엇인지?

나의 조부모님은 의지했던 장자를 잃고 평생을 눈물과 한숨으로 보내시며 팔십 고령의 나이에도 농사일 노동을 하시면서 편하게 제대로 사지시도 못하시고 생을 마감했는데 팔백만 원의 위자료라니?

다른 유족들도 얼마나 한의 세계를 살았는가? 빨갱이로 몰릴까 봐 가족에 대한 그리움을 입으로 퍼 올리지도 못하고 입을 다물어버려야 했었다. 사람들이 보는 앞에서 눈물을 보일 수도 없었다.

군경의 총살에 의한 무고한 가족 114만 명 희생에 대한 배보상이 8.4.8.4 판결해준 대한민국을 고발한다.

수기 김 사건 등 간첩 누명에는 국가 손배상은 희생자 5억, 배우자 2억, 부모자녀 각 1억, 형제자매 각 5천인데 왜 재판 없이 총살에 의한 희생에는 8.4.8.4 밖에 안 되는지 도무지 이해가 되지 않았다.

국제법에 의한 과거사 배보상은 시효 경과없이 현재의 가치에 대한 배보상으로 이루어져야 한다.

억울하게 죽은 아버지의 60년 보상이 어찌 팔천만 원이란 말인가?

푸르던 청춘시절에 남편을 잃고 어린 자식과 부모를 보양해야 하는 가냘픈 아내는 평생을 제대로 먹지 못하고 생을 마감했는데 어찌하여 겨우 4천만 원이란 말인가?

내 형제는 아버지의 시신을 본 후에나 찾아 그 충격으로 제대로 먹지도 못하여 그 당시 뱃속에 있는 유복자 동생은 6개월밖에 살지 못했는데 그 억울한 보상은 어디서 받는단 말인가? 누나는 어머니를 도와 가사를 돌보느라 국졸이 전부인데 어찌 800만 원인가?

숙부와 고모는 어머니와 함께 노부모를 위하여 아버지 대신 생계를 같이 꾸려가느라 교육도 못 받고 부모님의 도움은커녕 내왕도 거의 못한 생활이었는데 어찌하여 400만 원 뿐인가?

8.4.8.4의 소액판결은 너무나 억울하다.

이승만은 6 · 25 전후 사건으로 114만 명을 희생해 놓고 이 많은 희생자 각 가정의 재정을 고려하며 죽이진 않았을 것이다.

과거사 진실규명위원회 진실규명자는 8,700명 정도로 1%안 되는 진실규명이다. 행불로 시신이 없는 유족은 추적 확인으로 제외하고 3년 시효를 두는 바람에 연락이 안 되거나 배보상 소송을 몰라 인지대, 소송비용이 없어 보상도 받지 못한다.

세월이 흘러 유족도 많이 사망하고 연락이 두절되어 제적등

본 미정리로 총 2,000명 정도인 0.2% 소송으로 평균 5억 정도면 1조원의 예산으로 과거사 정리를 하면서 정부에서 제정부담을 내세우는 것은 국가가 책임을 지고 싶지 않은 행위이다.

선진 경제 대국인 대한민국은 정치와 법이 日 日이며 이헌령 비헌령이며 유가족은 甲乙內丁武器 12갑자의 맨 끝으로 갑질을 하는 것으로 고발한다.

2. 문경 석달동 사건

문경 석달동 사건 소송은 채의진 회장의 노력하에 이루어졌다.

원심 소송에서는 60년 소멸시효로 기각을 했다. 재판부는 "유족들이 국가기관에 진실규명을 지속적으로 요청한 점에 비추어 볼 때 유족들 자신은 문경 학살 사건의 진상을 알고 있었다고 봄이 상당하고, 늦어도 유족들이 헌법소원을 제기한 때인 2000년 3월 18일부터 소멸시효 기간인 3년이 훨씬 경과한 때에 이 사건 소송을 제기한 점 등을 종합하여 볼 때 피고(국가)의 소멸시효 주장이 현저히 부당하다고 볼 수 없다"고 판시했다.

이 판결에서 재판부가 시효 소멸의 주요 근거로 삼은 2000년 3월 18일 헌법소원이란 당시 유족들이 '국가가 문경 학살사건에 대한 진상조사나 보상 없이 사건을 은폐해오면서 학살의 진상조사, 명예회복, 피해보상을 위한 특별입법을 아직까지 하지 않고 있는 것은 유족들의 인간으로서의 존엄, 행복추구권 등 기본권을 침해하는 것'이라는 이유로 제출했으나, 3년 후 기각(2003년 5월 15일)당했던 헌법소원을 말한다.

유족들이 헌법소원을 제기했던 2000년 당시만 해도 '진실·화해를 위한 과거사 정리 기본법'(2005년 5월 31일 제정)이 만들어지지도 않았던 시기였고, 국가가 문경 학살에 대한 책임은 물론 사건 자체를 인정하지도 않고 있던 상황이었다. 국가차원의 진상규명 노력도 하지 않았다. 1961년 유족들이 진상규명을 요구했다는 이유로 군사정권에 의해 체포·구금·수배를 당했던 경험으로 인해 뿌리 깊은 피해의식과 패배감에 젖어 있는 상태였다.

이런 상황에서 유족들이 학살사건을 규명하고 명예회복을 위한 법률이 제정돼 국가가 스스로의 잘못을 인정하기 전까지는 손배배상 소송을 해봤자 아무 소용이 없다는 것을 절실히 체감하고 있었던 것이다. 유족은 손해배상 소송에 앞서 법률 제정을 위한 헌법소원을 냈던 것이다. 헌법재판소는 유족들의 이 헌법소원까지 기각해버렸다. 유족들은 다시 한 번 좌절감을 느끼지 않을 수 없었다.

2005년 마침내 '진실·화해를 위한 과거사 정리 기본법'이 제정되었고, 그 법에 의해 설치된 '진실·화해를 위한 과거사 정리위원회(진실화해위)'가 진상조사를 통해 2007년 6월 26일 문경 학살 사건에 대한 진실규명 결정을 내렸다. 유족들이 그토록 염원하던 법률 제정과 이에 따른 국가의 잘못이 공식 인정된 것이다.

유족들은 비로소 국가를 상대로 피해 배상을 요구하는 소송을 2008년 7월 10일 낸 것이었다.

왜 2000년에 헌법소원은 내면서, 손해배상 소송을 내지 않았느냐고 황당하게도 재판부는 유족들을 나무란다. 그러면서 "손해와 가해자를 안 날이라고 할 수 있는 헌법소원 청구일인 2000년 3월 18일부터 3년이 경과하여 이 소송을 제기했으므로 이 점에서도 피고(국가)를 상대로 한 손해배상 청구권은 시효 소멸하였다"고 판결을 때려버린 것이다.

유족들이 법에 의해 진상규명이 먼저 이뤄져야, 손해배상 소송도 할 수 있을 것이라고 생각한 걸 재판부는 왜 늦게 소송을 냈느냐고 유족들을 나무란 것이다. 어린 나이에 부모와 형제자매를 아군의 총탄에 잃고 설움과 좌절의 세월을 살아온 유족들에게 대한민국은 끊임없이 공포심과 패배의식을 조장해온 책임을 져야 한다.

채의진 유족 회장은 이런 재판부의 기각판결에 대해 즉각 항소하였다.

채 회장은 "2000년 국가가 제대로 의무를 하지 않는다며 헌법소원을 낸 것이 소멸시효 완성의 근거로 제시됐다는 점은 도저히 납득할 수 없다"고 반발했다.

이에 고등법원으로 파기환송하고 나머지는 기각을 했다. 대법원의 반인륜적 국가범죄 배상에는 시효가 없다는 말에 이 사건에 대한 국가배상을 인정하는 판결을 했다. 희생자 3억, 배우자 2억, 부모 자녀 1억5천으로 확정 판결하여 보상을 받았다.

이는 국민보도연맹사건에 이어 전쟁 전 토벌사건에 있어서도 "시효가 소멸되었다"는 주장은 더 이상 통하지 않는 다는 것을 보여준 것이다.

문경 석달마을은 1949년 12월 14일 한 겨울의 평화가 내리던 날, 24가구 127명이 살던 마을에 육군 2사단 25연대 2대대 7중대 2소대와 3소대 군인들이 공비토벌을 빙자해 86명의 양민을 학살한 만행이 자행된 날이다. 이때 채의진 회장의 가족도 몰살을 당했다. 5살 미만 어린이가 11명 포함되었고 15세 미만 어린이는 32명이었다. 이들은 빨갱이로 몰려 집단 학살되었던 것이다. 이 석달동 마을 사건이 기가 막힌 것이 경찰은 군인이 저지른 만행을 공비들이 저지른 소행이라고 둔갑시켜 버린 것이다. 공비 토벌이 아무리 중요하다 하지라도 비무장을 하고 있는 노약자, 부녀자였던 마을 사람을 아무런 확인 과정이나 적법한 절차를 따르지 않고 무차별적으로 총살한 것은 반인륜적인 집단 학살이며 위법행위였다.

독재군부시절에는 합동위령제조차 지내지 못한 석달동 마을 사람들은 20년 전부터 합동위령제라도 해마다 지내고 있다. 86개의 숟가락이 함께 올려진 위령제를 지낼 때마다 유족들의 아픔이 옅어지도록 영혼들의 원심을 밝은 양지로 이끌어 위로를 받아야 한다.

3. 울산, 오창 국민보도연맹사건

울산, 오창 국민보도연맹사건은 한국전쟁 발발 직후 군위·경주·대구지역의 국민보도연맹원과 요시찰 대상자로 분류된 주민 102명이 경북지방경찰국, 각 지역 경찰서, 경북지구 CIC, 헌병대 등에 의해 예비 검속된 후 경산코발트광산, 대구 가창골을 비롯한 해당 시군의 여러 장소에서 집단 살해된 사건이다.

102명의 주민들은 한국전쟁 발발 직후 경북지방경찰국, 각 지역 경찰서, 경북지구 CIC, 헌병대 등에 의해 예비 검속되어 경산 코발트광산, 대구 가창골을 비롯한 해당 시군의 여러 장소에서 집단 살해된 것으로 확인되었다.

신청 사건 중 이 사건의 희생자로 확인된 사람은 김태주 등 총 99명이며 희생 추정자는 유대형 등 3명이다.

신원이 확인된 이 사건의 희생자들은 모두 비무장 민간인들이었으며 전쟁 이전 좌익에 협조한 경력이 있거나 남로당에 가입되어 좌익 활동을 하였다는 이유로 보도연맹에 가입되어 있었다.

상부로부터의 직접적인 사살명령 여부 및 내용을 자료로서 확인하지 못하였으나, 각 가해기관의 참고인으로부터 가해 사실을 확인하였다. 비록 전시였다고 하더라도 범죄사실이 확인되지 않은 민간인들을 예비검속하여 사살한 것은 명백한 불법 행위이다.

1960년 4·19 혁명 이후 발굴된 유골만 829구에 달했다.

유족들은 당시 합동묘를 만들고 추모비를 세웠지만, 1961년 5·16 쿠데타로 집권한 박정희 군사정부는 합동묘까지 해체해버렸다

서울중앙지법은 울산 오창 보도연맹 유족들이 국가를 상대로 낸 손해배상 소송에서 '국가는 국민들이 입은 피해를 배상하라'고 판결했다.

서울중앙지법 제19민사부 판결은 군경의 민간인 학살이 명백한 '불법행위'였음을 인정했을 뿐 아니라, 사건 이후 그 사실을 은폐하고 적법하다고 주장해온 국가의 행위 또한 책임을 물어야 한다는 것을 인정했다.

그러나 다음날인 11일 서울중앙지법 제24민사부(재판장 여훈구 판사)는 문경 석달동 학살사건과 관련, 소멸시효 문제를 들어 유족들의 소송을 기각해버렸다. "문경학살사건이 국가 공권력에 의해 자행된 불법행위인 점은 명백"하다면서도, 너무 늦게 소송을 냈기 때문이다.

즉 국가가 유족의 진상규명 요구를 방해 또는 외면해 놓고, 이제 와서 시효가 끝났다고 주장하는 것은 어불성설이라는 뜻이다. 이같은 제19민사부의 판결은 아래의 제24민사부의 판결과 분명히 모순되는 부분이 있다.

울산 오창 보도연맹 유족들 또한 희생자 팔천, 배우자 사천, 부모와 자녀는 팔천, 형제 자매는 사백으로 배보상을 했다.

4. 해남 나주 사건

해남 나주 사건은 1950년 한국전쟁 발발 초기 나주경찰부대는 전황이 불리해지자 해남읍을 경유하여 완도읍으로 후퇴하였다. 나주경찰부대는 인민군으로 위장한 후 같은 해 7월 하순, 해남군 해남읍에 도착하여 읍내를 수색하면서 무차별 사격을 가하여 주민들을 희생시켰다. 당시 그들은 좌익척결 등의 이유로 가가호호 수색하면서 해남읍 주민들을 근접사격 혹은 정조준 사격하였다.

마산면 상등리에서는 인민군 환영을 위해 모였던 주민에게 난사하여, 이틀 동안 인민군 환영장 참석과 좌익이라는 이유로 주민들을 총살하였다. 화내리 주민들도 좌익이라 하여 해남경찰서에서 희생시켰다.

경찰은 완도읍으로 진입하면서 죽청리에 도착하여 지역주민들로 하여금 인민군 환영대회를 열게 하였다. 완도읍에서는 인민군으로 위장한 채 지역주민들을 완도중학교에 모이게 하여 인민군 환영대회를 열게 한 후, 여기에 참석 한 다수의 지역주민들을 집단 학살하였다.

진실화해위원회의 조사 결과 나주경찰부대 및 완도경찰에 의한 사건의 희생자 중 신원을 확인한 수는 해남군 55명, 완도군 42명 등 총 97명이다. 이들은 모두 해남군 및 완도군 관내 주민들이며, 이들 중 절반 이상은 농·어업 종사자이고 20~30대가 가장 많다. 여성은 6명이고 부자(父子) 등 가족 희생자도

33명이다.

희생자들은 모두 비무장, 비전투원으로 일부 희생자가 경찰을 보고 놀라 도망친 것 외에는 저항하지 않았다. 나주경찰부대는 인민군 복장으로 변복은 하지 않았으나 자신들이 경찰임을 적극적으로 감추고 진입하여 주민들로 하여금 자신들을 인민군으로 오인케 유도하였고, 오인한 주민들이 인민군을 환영하였다하여 주민들을 총살했다.

이때도 나주경찰부대나 완도경찰이 주민들을 죽일 때 어떠한 법적 처리절차도 거치지 않았다. 설령 희생자들이 실제 인민군을 환영하는 것 이상의 행위를 하였더라도 사건 당시 발효 중이던 법에 따라 처리했어야 마땅하다. 나주경찰부대와 완도경찰은 적당한 절차를 거치지 않고 주민들을 즉결 처형 하였다.

나주부대에 의해 희생된 유족들에게 국가가 27억여 원을 배상해야 한다는 법원 판결이 나왔다. 한국전쟁 전, 후 민간인 희생사건 중 가장 큰 배상액이다. 서울중앙지법 민사26부(정일연 부장판사)가 내린 배상내역을 보면 "국가는 희생자에게 각 2억 원, 희생자 배우자 및 부모 또는 자녀에 대해서는 각 1억 원, 형제 자매에게는 각 3,000만 원 등 원고들에게 모두 27억5371만 원을 지급하라"고 판결했다. 유족들이 국가를 상대로 낸 배상액을 재판부가 그대로 받아들인 것이다.

이런 재판부의 판결은 지난해 1심 판결을 받은 고양 금정굴 민간인 학살사건에 1억 원, 청원 보도연맹사건은 희생자 본인에게 8,000만 원, 배우자 4,000만 원, 형제와 자매에게는 100만 원을 판결했던 것과는 달리 큰 배상액이다.

재판부는 손해배상청구권의 시효 5년이 지났다는 국가의 주장에도 불구하고 "나주경찰부대 사건은 전시에 국가권력이 '대규모'의 학살을 자행한 반인권적인 중대 범죄행위라는 점에서 공무원이 통상적으로 저지를 수 있는 일반적인 불법행위와 다르게 볼 필요가 있다"는 등의 이유로 받아들이지 않았다.

그러나 안타깝게도 나머지 유족들은 공소시효가 지나 배상 대상에서 제외됐다.

5. 고양 금정굴 사건

고양 금정굴 사건은 원심에서 2억 배우자, 1억 부모, 자녀 각 5천 판결했으나 국가 항소 1일 지연 기각으로 확정수령하여 자체위령 재단 법인 설립 대대적인 위령사업을 실시하는 중이다.

고양 금정굴 사건이 알려지게 된 것은 1990년에 고양시민회 회장이었던 김양원씨가 송포동의 할미고양축제의 할미지에 마을의 향토사를 게재하기 위해 조사하던 중에 금정굴에 얽힌 숨겨진 이야기를 듣게 되었다.

시민회는 당시 고양지역의 4개 민주단체들과 공동으로 금정굴사건진실규명위원회를 꾸려 금정굴 사건의 진상규명과 명예회복 작업에 나섰다. 그와 동시에 당시 김양원 회장이 파악하고 있던 유족들을 중심으로 유족회가 꾸려져 공동활동을 하게 된다. 1993년 9월 25일의 제1회 합동위령제를 시작으로 금정굴 사건은 세상에 그 존재를 알리게 되었다.

시민회는 금정굴 사건을 조사하여 알리고, 시민사회의 관심과 참여를 끌어내고, 정부와 지자체에 문제의 해결을 촉구하고, 입법운동과 투쟁을 추진하고, 사건 현장을 보존하고, 사건의 의미를 사회적으로 반추하며 공유하는 일까지, 시민회는 유족들과 늘 동고동락하며 금정굴학살진실규명운동의 중요한 한 축을 떠맡아왔다.

서병규 회장을 앞세운 유족회를 발족하여 활동에 들어갔다. 1993년 9월 25일 학살 후 43년 만에 이곳 사람들이 '금정구뎅이', '금광구뎅이', '금구뎅이'라 부르던 곳을 '금정굴'로 명명하고 제1회 희생자 합동위령제를 올렸다.

1995년 9월 유골 발굴이 시작되고 그 참상이 MBC PD수첩을 비롯한 각 언론에 대서특필되면서 사건이 널리 알려졌다. 유족회와 진상규명위 공동 명의의 조사, 진정, 청원 작업이 이루어졌다.

유골이 하나씩 나올 때마다 유족의 통곡소리는 하늘을 울렸다. 희생자의 유해와 유품들이 온 산을 뒤덮어도 중앙정부와 경찰, 지방자치체, 지역 출신 국회의원, 도의원, 시의원들은 처절히 외면했다. 온 산을 가득 덮고 있던 유해는 고양경찰서와 국회 앞을 거쳐 서울대 의대로 실려갔다. 베일에 가려져 있던 이무영 당시 고양경찰서장의 행적이 확인되는 등, 사건 진상에 한걸음 다가섰다. 1차 발굴된 유골의 중간 감정서에서 희생자가 최소 153명이고 여자가 약 10퍼센트이며 아직 성인이 되지 않은 이의 유해도 있다고 밝혀졌다.

도의회는 진상조사보고서에서 금정굴 사건이 부역 혐의자를 색출, 처단한다는 명분하에 행해진 불법 학살임을 공인했다. 그러나 고양시의 위령사업 거부와 중앙정부, 경기도, 국회의 묵묵부답으로 유족들의 가슴은 탔다.

2000년 9월, 16개 시민사회단체와 유족회를 중심으로 고양 금정굴 사건 공동대책위를 결성하고 지역 차원의 위령사업 촉구운동을 벌이는 한편, 다른 지역의 유족들 및 인권사회단체들과 힘을 합쳐 전국 차원의 민간인학살진상규명 통합특별법 제정운동에 착수했다. 2002년 지역 차원의 위령사업이라도 시행하려는 목적으로 고양시의회에 위령사업 촉구 청원을 냈으나 발의 의원(22명)의 절반에도 못 미치는 수(10명)만이 찬성표를 던져 결의안이 부결되면서 지역 차원의 위령사업은 일단 수포로 돌아갔다. 고양파주지역의 학살실태 보강조사 작업을 실시하여 2003년 3월 제1회 고양파주지역 민간인학살 심포지엄 "금정굴 학살은 빙산의 일각이었다"를 열었고, 전국 통합특별법 제정을 촉구하는 농성투쟁을 강도 높게 펼쳤다. 해마다 겨울철이면 연례행사 처럼 국회 앞 농성이 이어지면서 연로한 유족들이 고생을 많이 했다. 2004년 여름을 기점으로 민간인학살 진상규명 통합특별법 제정운동이 통합과거사법 제정운동으로 합쳐지고 과거사법이 '4대 입법'의 하나로 자리매겨지면서 그나마 유족들은 희망을 가졌다.

2005년 5월 우여곡절 끝에 일부 조항이 누더기가 된 채로 통합과거사법이 국회를 통과했다. 유족들은 감격해하며 펑펑 울었다. 2005년 12월 역시 우여곡절 끝에 진실화해를 위한 과거사정리위원회가 미흡한 상태로 발족했고, 금정굴 유족을 비롯한 전국의 민간인 학살 유족들은 시행령 개정 마스크를 쓴 채로 위원회의 발족식에 참여했다. 2006년 4월 1차로 금정굴 사건 등에 대한 국가 차원의 조사(금정굴 조사관: 신기철)가 시작되었으나, 금정굴 유족을 비롯한 민간인학살 유족들은 전면적이고 철저한 조사가 가능하도록 위원회 조직을 확대개편할 것을 요구하며 또 다시 싸움을 벌여야 했다.

2007년 6월 26일 진실화해위원회에서 미흡하나마 금정굴 사건에 대한 진실규명 결정을 내렸다. 진실화해위원회는 금정굴 사건을 경찰 책임하의 불법처형으로 규정하고 사건의 최종 책임은 국가에 있다면서, 국가의 사과와 피해자 명예회복, 유해봉안 등 위령사업 시행, 역사관과 평화공원 건립, 기록 정정과 교육, 법령정비 등을 권고했다. 이어서 같은 해 11월 20일에는 금정굴사건 외 고양부역혐의사건(한강변, 덕이리, 성석리, 현천리, 화전리의 5개 지역)의 진실이 추가로 밝혀졌다.

그러나 진실규명과 국가의 책임 인정 후 2년이 지나도록, 진실화해위원회의 권고사항을 포함한 제반 후속조치는 전혀 이루어지지 않았다. 유족들이 중앙과 지방을 오가며 유해안치를 위해 제반 후속조치의 조속한 시행을 거듭 촉구했으나 유족들의 가슴만 애타게 했다.

십수 년간은 금정굴의 진실을 밝히고자 하는 유족들과 활동가들에겐 실로 고난의 세월이었다. 메아리 없는 아우성처럼 그들을 힘들게 했다. 쉬쉬 하는 분위기에서 이웃들은 물론 피해당사자들까지도 속시원히 털어놓지 못했다. 행여나 자신들에게 불똥이 튈세라 입을 꼭 다물거나 오히려 사실을 왜곡하며 진실을 호도하는 사람도 있었다. 자신의 기득권과 사회적 위상에 조금이라도 누가 될까봐 오히려 덤터기를 씌우려 들던 가해자들은 아무도 책임을 지지 않고, 은근슬쩍 상황을 모면하기에 급급하던 공직자들의 태도는 유족의 분노를 샀다,

금정굴 진실규명의 최대의 적은 바로 이른바 민주화됐다는 한국사회의 국가기관과 주류세력들이었다. 가장 큰 걸림돌은 사람들이었고, 그 사람들이 어우러져 이루어내는 사회와 제도였다.

그럼에도 불구하고 사회와 국가가 인권과 양심의 호소가 먹혀들면서 부족하지만 마침내 법도 만들어지고 국가위원회도 만들어져 미흡하나마 진실도 밝혀졌다. 사건의 진실에 대한 국가의 시인은 그 자체로 중대한 의미를 가졌다. 문제 해결의 커다란 주춧돌 하나가 놓인 것이다.

고양경찰서장의 지휘아래 1950년 10월 9일부터 31일까지 고양지역과 파주 일부지역에서 거주하던 고산돌 외 75명을 포함한 153명 이상의 주민들이 부역혐의자 및 부역혐의자의 가족이라는 이유로 고양경찰서 소속 경찰관들에 의해 금정굴에서 불

법적으로 집단 총살당한 사건이다.

고산돌 외 75명을 포함한 153명 이상의 고양지역 주민들이 한국전쟁 중인 1950년 10월 9일부터 10월 31일 사이에 부역혐의자 및 그 가족이라는 이유로 고양경찰서 경찰관에 의해 고양시 소재 금정굴에서 집단 총살 당하였다.

국군의 고양·파주지역 수복 이후, 경찰은 지역주민 중 인민군 점령시기에 부역한 혐의가 있는 자와 부역혐의로 행불 또는 도피한 자의 가족을 연행하였다. 경찰은 이들을 관내 각 지서 및 치안대 사무실, 창고 등에 구금하였다가 고양경찰서로 이송한 다음, 3~7일간의 조사를 거쳐 10월 9일부터 한 번에 20~40여 명씩 금정굴로 끌고 가서 총살하고 암매장하였다. 이 과정에 고양경찰서 관내 경찰과 20여 명의 태극단·치안대 등 경찰 보조 인력이 가담하였다. 금정굴 현장에서는 5인 1조의 경찰관 2개조가 희생자 5명씩을 굴 방향으로 무릎을 꿇게 하고 등 뒤에서 사격하여 살해한 것으로 확인되었다.

희생자들은 대부분 농업에 종사하던 지역주민들로서, 이중에는 북한 점령기 인민위원회 활동에 참여하는 등 소극적인 부역행위를 했던 사람도 일부 있으나, 상당수는 도피한 부역혐의자 가족원 및 이와 무관한 지역주민이었다. 희생자 중에는 10대가 8명, 여성이 7명 포함되어 있었으며, 고양시 중면과 송포면의 주민들이 주로 희생되었다.

가해자는 고양경찰서장 이무영에 있고, 고양경찰서의 지휘를 받으며 보조역할을 수행한 치안대·태극단에도 간접책임이 있다.

고양경찰서 경찰이 희생자들을 집단 처형할 때 어떠한 확인, 선별 절차나 적법절차도 지켜지지 않았다.

비록 사건 관련 희생자들 가운데 일부가 부역자 혹은 부역혐의자였다고 할지라도 적법절차를 준수하지 않고 비무장 민간인을 집단 총살한 것은 명백한 범죄행위이다. 사건 이후에도 일부 희생자 가족들은 생명의 위협을 받았으며, 생계의 터전인 재산을 빼앗기기도 했다. 또한 연좌제에 따라 취업의 권리도 제한되고, 요시찰인으로 분류되어 감시의 대상이 되기도 했다.

진실화해위원회는 호적 정정조치를 비롯하여 고양 금정굴 사건 희생자 유족들에 대한 국가의 공식적 사과, 임시 보관 중인 유해 영구봉안, 평화공원 설립과 위령시설 설치, 전시하 국민의 인권을 침해할 수 있는 국가보안법 등 관련 법률 정비, 잘못된 기록의 수정 및 진실의 역사반영, 역사관 건립을 권고했다.

억울하게 희생당한 이들을 이제나마 양지바른 곳에 모셔서 그 넋들을 위로하고 유족들의 마음을 달래며 국가 차원에서 제사라도 지내주고 후세의 교훈으로 삼는 것은 인권과 평화와 통일을 지향하는 나라와 지방자치제의 기본 책무이다.

제2장

祝福

- 손이 없는 외가 고추 달고 탄생
- 만삭인 어머니의 4~5개월 이질로 사경에서 영양실조로 탄생
- 피골이 상접한 아들의 탄생을 온 집안의 축복으로 탄생

1. 일제말엽 일본의 발악

"샅샅이 뒤져!"

면직원이 집으로 들이닥치며 소란한 소리가 났다.

어머니는 아침에 물로 채운 배를 움켜잡고 방문을 열고 나왔다. 어제도 와서 한바탕 소란을 피우고 간 그들을 보자 겁에 질린 어머니는 뒤뚱뒤뚱 걷는 영자 누나를 얼른 등에 업었다.

"이 집은 아직 벼를 반절밖에 내놓지 않았는데 나머지는 언제 줄 것인가?"

"곧 맞추어 드리겠습니다. 제발 한 번만 봐주십시오."

어머니는 눈을 부릅뜨며 소리치는 남자에게 애원을 했다.

"순순히 내놓지 않겠다 이거지? 이 잡듯이 샅샅이 뒤져서 찾아내!"

그의 말에 기다란 철 꼬챙이를 가진 남자가 부엌으로 들어갔다. 짚을 쌓아놓은 곳을 쿡쿡 쑤셨다. 벼가 나오지 않자 뒤꼍으로 간다. 그곳에서도 뒤져보았으나 나오지 않자 남자들은 씩씩거렸다.

"또다시 오기 전에 벼를 가지고 면으로 오시오."

남자는 어머니의 부른 배를 꼬챙이로 쿡쿡 찌르며 말했다. 그들이 가고 나서야 어머니는 힘이 빠져 누나를 마루에 내려놓고는 그만 드러누웠다. 누나는 그제서야 울음을 터트렸다. 어머니는 누나를 달랠 기운도 없어 누나가 울도록 내버려두었다. 누나는 울다울다 지쳤는지 어머니 곁에 누워서 어머니 젖을 더

든는다. 하루에 한 끼도 제대로 먹지도 못한 어머니의 바짝 바튼 젖가슴을.

일본은 중·일전쟁 이후 전시체제에 돌입하면서 1939년 조선미곡 통제령을 발표, 조선 쌀의 통제를 제도화하면서 쌀 공출제도를 실시했다.

1941년에는 쌀 생산량 2152만 석 중에서 43%를 빼앗아갔고 제2차 세계대전 막바지인 1944년에는 1891만 석 중에서 63.8%를 수탈해 가고 있었던 것이다. 집집마다 할당한 벼를 내놓지 않으면 집을 샅샅이 뒤져서라도 가져갔다.

농사지은 쌀 대부분을 일본에 빼앗긴 조선 사람들은 먹을 것이 없어 굶기가 일쑤였다.

만주에서 조를 비롯한 잡곡을 들여와 부족한 식량을 채우고, 감자·고구마·옥수수 등으로 끼니를 해결해야 했다. 심지어는 콩깻묵까지 먹으며 배고픔을 달래야 하는 상황은 비참했다.

일본의 수탈이 가장 절정기에 뱃속에 있었던 나는, 어머니가 그나마 먹은 양분을 빼앗아 가는 바람에 어머니의 모습은 피골이 상접해 있었다.

여자는 약하나 어머니는 강하다는 말이 있었던가? 뱃속에 있는 나를 사랑하는 어머니의 강한 일념은 실핏줄 같은 생명을 이어나가는 영양제였다.

어머니는 우리 조상인 제봉 고경명의 12대 손으로 꼭 아들을 낳아야겠다는 신념이 강했다. 임진란 의병장 충열공 제봉 고경명은 조선 중기의 문신이자 의병장으로 환갑의 나이로 앞장서 의병을 일으켜 일본군과 대적하다가 두 아들과 더불어 초개 같이 목숨을 버린 분이었다. 외갓집은 할아버지가 양자로 딸만 셋을 낳아 아들이 귀한 집안이다. 그래서인지 어머니는 아들을 낳고 싶은 욕심이 많았다. 어머니는 뱃속에 들어있는 내가 아들일 거라는 희망을 가졌다. 매일 북두칠성을 바라보며 장독대에 정한수를 떠놓고 빌었다.

어머니는 학자였던 하서 김인후의 16대손이다. 하서 김인후는 조선의 문신이자 대학자로 정조가 도학과 절의, 문장을 모두 갖추고 있는 사람을 하서 김인후 한 사람이라고 칭송할 정도로 뛰어난 분이셨다. 셋째 딸인 어머니는 야무지고 당찼다. 지금도 생각하면 어머니의 카랑카랑한 목소리는 의지의 여인 표상이었다.

그 당시 송강 정철, 하서 김인후, 고봉 기대승, 우리 장흥 고씨는 도반으로서 혼례를 올렸다. 어머니와 아버지의 혼례도 집안끼리의 당연한 약속이었던 것이다.

해 꼬리를 물고 집으로 들어오던 할아버지, 할머니가 마루에 누워있는 어머니를 보더니 다급히 마루로 올라왔다.

"에미야, 어디 아프냐?"

할머니가 근심스럽게 물었다. 그렇잖아도 쉰 서죽을 먹어 며칠째 이질을 앓아 초죽음이 되어 있는 며느리가 걱정이 되어 오늘은 서둘러 집으로 돌아온 것이다.

"아버님, 면에서 온 집안을 뒤지고 갔어요."

어머니는 힘없이 서글프게 말했다.

"쳐 죽일 놈들 우리 먹을 양식도 없는데 지들 줄 양식이 어디 있다고? 에미야 절대 벼씨는 내어주어서는 안 된다. 이놈의 전쟁 언제나 끝날런지, 임자, 에미 방으로 데려가 눕히소."

할아버지는 빈 곰방대로 마루를 탁탁치며 화를 냈다. 빈 곰방대를 입에 물고는 밖으로 나갔다. 아직 서산에 해가 기울려면 한참 있어야 할 시간이었다.

"아이고 우리 강아지, 잠들었네."

할머니는 울다 지쳐 잠든 누나를 안아들고 방으로 들어갔다.

작년은 가뭄이 심해서 공출 할당량을 아직도 갚지 못하여 거의 매일 면직원에게 시달리는 것도 이골이 났다.

할머니는 어머니가 자리에 눕는 것을 보고는 부엌으로 들어갔다. 면직원이 꼬챙이로 어질러놓은 지푸라기들이 온 부엌에 널려 있었다.

"빌어먹을 전쟁은 언제 끝날 것인가? 집안에 남아나는 물건이 없으니……."

어머니는 항아리 뚜껑을 열고 메조를 꺼냈다. 다른 때보다 한 주먹을 더 꺼냈다. 오늘은 며느리에게 서숙죽을 배부르게 먹이고 싶었다. 시부모 공양하느라 쉰 서숙죽을 먹기 일쑤인 며느리가 안쓰러웠다. 저런 몸으로 아이를 제대로 순산할 수는 있을 지 걱정이 되었다. 손이 귀한 집안이니 걱정이 더 되었다. 솥에 씻은 메조를 앉히고 불을 지폈다.

푸른 하늘에 연기는 근심 없이 올라가고 3월의 바람은 부드럽게 살랑대고 있다. 온갖 평화가 살포시 내리고 있는데 갑자기 방에서 누나의 울음소리가 들렸다. 배가 고파 칭얼거리는 누나를 어머니가 달랬다. 할머니는 불을 때다 말고 부지깽이를 손에 든 채 방으로 들어왔다.

"아가, 배고파? 할미가 얼른 밥 줄게. 뚝! 우리 강아지 말도 잘 듣네."

할머니는 누나를 업고 부엌으로 나왔다. 할머니 등에 업힌 누나는 서숙죽 냄새에 울음을 그쳤다.

할머니는 기다란 나무 주걱으로 죽을 저었다. 몇 알의 서숙을 주걱에 건져 올려 익었는지 입으로 가져간다. 다시 서숙을 입으로 호호 불어 누나의 어린 입에 넣어주니 누나는 쩝쩝 거리며 맛있게 받아먹는다. 아직 말이 서투른 누나는 손으로 더 달라고 한다. 할머니는 다시 몇 알의 서숙죽을 누나의 입에 넣어준다.

"맛있지? 할아버지랑 아빠랑 오면 밥을 먹자."

할머니는 솥뚜껑을 닫는다. 누나를 업은 허리가 아프지만 서숙죽이라도 먹을 수 있다는 생각에 얼굴에 미소를 띠고 부엌에서 나왔다.

"에미야, 밥 먹게 상 차리렴. 시에비 모시고 올 테니."

마침 어머니는 옷매무새를 고치며 방에서 나오고 있었다.

"네, 아버님 모시고 오셔요."

할머니가 대문을 나서려는데 할아버지와 아버지가 들어왔다.

"마침 잘 왔어요. 저녁 드셔야지요."

아버지 곁에는 낯선 사람이 함께 있었다. 할머니는 낯선 사람을 힐끗 바라보며 못마땅한 표정을 지었다. 모처럼 며느리에게 서숙죽만이라도 배부르게 먹이려고 했는데 오늘도 며느리에게 배부르게 먹이지 못하는 마음이 들어 속상하다.

아버지는 손님을 방으로 들였다. 할머니는 얼른 부엌으로 들어가 물 한 사발을 쑤어놓은 서숙죽에 부었다. 서숙죽은 손님이 오면 물 한 사발만 부어 다시 끓여도 대접을 할 수 있지만 겨우 끼니를 찾아 먹는 집에 끼니 때 찾아오는 손님은 불청객이다. 하지만 손님 대접을 잘해야 한다는 할아버지의 말씀에 입조차 내밀 수는 없는 것이다.

할머니가 밥상을 들고 방으로 들어갔다. 어머니는 물을 대접에 떠서 들고 뒤따랐다.

할머니와 어머니가 자리에 앉자

"어머니, 제 동무입니다."

지금은 친구라고 하지만 이때만 해도 친구를 동무라고 부르던 시절이다.

"처음 뵙겠습니다. 저녁 시간에 찾아와 죄송합니다."

아버지의 친구는 저녁 때거리 시간에 남에 집에 가는 것은 불청객이라는 것을 안다.

"누추한 밥상이지만 어서 드세요."

어머니는 못마땅한 마음을 감추며 아버지의 동무에게 말했다.

"아버님, 역을 폐쇄한다는 걸 알고 계십니까?"

아버지 친구는 할아버지를 바라보며 속삭이듯 말했다.

"담양역을 지나쳐 오는데 레일을 뜯는 소리가 들렸어요."

아버지도 한마디 했다.

"20년 동안 광주를 오가던 기차를 없앤단 말이냐? 워낙 요금이 비싸 우리네 농부들이 이용하기도 힘들어 손님이 적어서 적자였을 것이다."

할아버지가 말했다.

"들리는 말로는 서쪽으로 법성포, 동쪽으로는 포항까지 연결하려고 했다는 소문입니다. 군용철도로 이용하려고요."

아버지 친구가 말했다.

"왜놈들은 전쟁에 필요한 물건이나 사람은 죄다 휩쓸어가고 있어요."

아버지의 소리가 커졌다.

"말조심 하거라. 오늘 면에서 왔다갔다는구나."

할아버지가 서숙죽을 입으로 가져가다 말고 나지막히 말했다.

"어서 빨리 해방되어 인민이 잘사는 나라가 되어야 합니다."

아버지 친구가 말했다.

"어제 부엌 구석에 구멍을 파고 숨겨놓은 놋그릇, 놋수저 다 빼앗겼습니다."

"우리도 이렇게 나무젓가락을 사용하고 있다네."

서숙죽이 술술 넘어가듯 할아버지와 아버지 친구의 신세한탄이 늘어졌다. 할머니와 어머니는 오고가는 말을 들으며 간혹

한숨을 쉬었다. 어머니는 모처럼 따듯한 서숙죽을 먹었다.

식사를 마치고 아버지와 친구는 아버지 방으로 건너가 이야기를 더 나누었다.

일본이 이때 우리나라 사람들에게서 빼앗아 간 것은 쌀 뿐만이 아니었다. 목화도 가정마다 할당하여 빼앗아 갔다. 만약 수색하여 목화가 나오지 않으면 그 베틀의 씨줄을 몽땅 잘라버린다. 목화는 군대의 군복을 만들기 위하여 공출해 갔다.

일본은 줄을 만들기 위해서 사용하는 목화나무의 껍질도 가져갔다. 목화나무를 잘근잘근 두들겨 껍질을 벗기면 질긴 줄을 만들 수 있다.

그들은 그것마저도 모자라 유기그릇도 빼앗아 갔다. 이것은 할당량이 있는 것이 아니고 유기를 보기만 하면 강탈했다. 유기를 찾기 위해서는 더 심하게 수색을 했다.

그들은 생명이 있는 것도 전쟁에 이용하기 위해 물불을 가리지 않고 빼앗아갔다. 살아있는 개를 꼬챙이로 찍어 껍질을 벗겨내려고 잔인한 짓도 서슴지 않았다. 개를 아꼈던 아이들 중에는 개를 방안에 들여놓고 끌어안고 울기도 한다. 개 껍질은 군화 재료로 사용했다.

관솔기름 짜기는 어린 학생들까지 동원하여 채취하게 했다. 소나무의 죽은 옹이에 기름이 모여 빨갛게 되는데 이것을 짜면 관솔기름이 나온다. 송탄유라 부르는 관솔기름은 관솔을 채취하여 잘게 쪼갠 후 드럼통에 넣고 드럼 주위에 약하게 불을 피우면 얼마 후에 새까만 기름이 나온다. 이것을 양철통에 모으면 가져갔다. 송탄유는 식으면 고약같이 아주 끈적거린다. 이 것을 정제하면 석유 대용으로 사용할 수 있다.

일본은 주로 이런 것을 수탈해 가기 위해 우리나라 사람들을 무참히 괴롭혔다. 젊은 남자는 징용으로 끌고 가고 여자는 13살 어린 소녀도 끌고 갔다. 20대 여자는 좋은 직장에서 일하게 해주겠다며 반강제로 데려갔다.

우리 집도 일본의 만행에 비껴 갈 수는 없었다.

어머니는 제대로 먹을 수가 없었다. 일본의 수탈로 초근목피가 양식이 되었다.

일본의 수탈이 심했지만 어머니는 시부모에게 더운밥을 먼저 드리고 자신은 쉰 서숙죽을 먹는 날이 그렇지 않는 날보다 더 많았다.

일본의 수탈만 없었으면 우리는 굶지 않아도 되었다. 일본에 나라를 빼앗기기 전인 18~19세기 조선은 쌀밥의 나라였다.

18세기 중반 이익은 성호사설에서 '전라도는 논이 많아 추수가 끝나면 백성은 모두 쌀밥을 먹고 콩과 보리는 천하게 여긴다'고 했다.

호남은 대표적인 곡창지대이므로 호남 농민에게만 해당하는 이야기는 아니었을까? 19세기 전후인 정조 때 승정원일기에는 당시 조선 백성은 모두 쌀밥을 먹었다고 나온다.

"백성의 풍속이 쌀을 귀하게 여기고 조를 귀하게 여기지 않기 때문에 비록 가난하고 천한 무리라도 반드시 흰 쌀밥을 먹으려 들고 잡곡밥은 먹으려고 하지 않는다."

1910년 통계에 곡물 생산량 중 쌀이 약 44%를 차지했으니 백성들 대부분은 쌀밥을 먹었다는 이야기다. 국력이 쇠퇴하던 조선 말기에도 쌀밥을 먹던 조선 백성이 일제강점기를 거치며 쌀밥 구경이 어려워졌다.

2. 축복 대나무의 정기를 받고

1944년 유월 유럽은 노르망디상륙작전 성공으로 프랑스가 나치 독일군으로부터 해방되었다. 연합군이 독일 본토로 진격하여 제2차 세계 대전 판도가 달라지고 있었다. 독일의 운명도 이 노르망디 작전으로 폐색이 짙어가고 있었다.

제10대 마지막 조선 총독으로 취임한 아베는 전쟁 물자를 지원하기 위해 인력과 물자를 일본으로 착취해 갔다. 그는 부임 후 전쟁수행을 위한 물적·인적 자원 수탈에 총력을 기울였다. 징병·징용 및 근로보국대의 기피자를 마구잡이로 색출했으며, 심지어는 여자정신대근무령을 공포해 만 12세 이상 40세 미만의 여성에게 정신근무령서를 발부했다. 이에 불응 시는 국가총동원법에 의해 징역형을 내리기도 했다.

우리 동네에서도 징용과 정신대로 끌려간 사람들이 있었다. 들리는 말로는 좋은 공장에 취직시켜 준다는 말에 아무 의심 없이 따라간 것이다.

내가 어른이 된 후 들은 이야기이다.

어머니의 배는 점점 불러 걷기조차 힘들었다. 하지만 조선의 여인이 시부모님과 함께 살면서 자리에 편안히 앉아 있을 수 없었다. 어머니는 부른 배를 안고 푸른 바람과 푸른 물결이 일렁이는 논밭으로 정신없이 나가 일을 해야만 했다.

바람 따라 실려 온 아카시아 향기로 유월은 시작되었다. 조선인의 고통의 냄새도 지독하여 죽음의 냄새로 가득 찼으나 피골상접한 어머니의 뱃속에서 나는 새로운 세상을 열기 위해 준비를 마치고 있었다.

유월의 정기는 대나무 위에 더욱 일렁거리었다. 담양의 대나무는 더욱 푸르고 곧았다. 죽순은 어느 해보다 훨씬 많이 돋아나 쑥쑥 자라나고 있다. 대밭이 망하면 전쟁이 일어날 징조라고 하여 불길하게 생각하는 속신이 있고, 대지팡이를 짚고 넘어지면 아버지가 죽는다는 속신도 있다. 이것은 상장(喪杖)으로 대나무를 쓰기 때문에 생긴 것이다. 꿈에 죽순을 보면 자식이 많아진다는 속신은 죽순이 한꺼번에 많이 나고 또 쑥쑥 잘 자라기 때문에 생긴 것으로 본다.

할머니는 대나무밭에 다녀오시더니 죽순이 많이도 자랐다며 죽순 몇 개를 따왔다.

유월의 바람 따라 대나무 이파리의 수선거림은 더욱 살갑게 들리고 어머니는 간헐적으로 오는 미미한 통증을 느끼며 누나를 데리고 밭으로 나갔다.

아버지는 요즘 무슨 일인지 출타가 잦았다. 어머니에게 아버지의 사촌동생 고광희를 만나고 오겠다고 낮은 소리로 말하는 것을 보니 심상치가 않았다.

아버지의 사촌동생 고광희는 나에게는 당숙뻘 되는 어른이다.

어머니는 고추밭 풀을 뽑는다. 누나는 밭두렁에 앉아 저만치 피어 있는 노란 민들레꽃을 바라보았다. 누나는 아장아장 걸어가 민들레꽃 한 송이를 땄다. 꽃을 들고 어머니에게 뛰어갔다. 뛰어간다는 것이 남이 보기에는 뒤뚱뒤뚱 걷는 것처럼 보이지만 허리를 펴고 누나를 살피던 어머니는 뛰어오는 누나가 위태롭게 보였다

"영자야, 천천히 걸어. 이쁜 내 새끼. 아……."

순간, 어머니의 입에서 가느다란 신음이 흘렀다. 아침때보다 통증이 조금 세어 있었다. 어머니는 통증이 더 세진 것을 알고 뱃속의 내가 곧 세상 밖으로 나오려는 것인 줄 알고 기뻤다.

어머니는 서둘러 집으로 향했다. 누나를 업고 가기에는 배는 점점 뻐근해져 왔다. 누나와 보폭을 맞추어 집으로 오는 시간이 꽤 흘렀다.

집에 도착하니 통증은 더 세고 자주 오기 시작했다. 할머니는 따온 죽순을 손질하고 있었다.

"에미야, 통증이 오기 시작하느냐?"

밭으로 나가기 전 어머니는 할머니에게 통증이 조금 온다고 말을 하고 나갔던 것이라 할머니는 멀리 가지 않고 집에 머물러 있었다.

"어머니, 이제 점점 더 아파요. 어머니!"

어머니는 통증이 심한지 마루에 올라가지도 못하고 토방에 걸터앉았다.

"에미야, 이제 됐구나. 오늘 밤만 잘 참으면 아들을 낳을 거야. 영낙없이 저 애는 아들이다. 분명해. 너 하는 짓이나 꿈을 보더라도 틀림없이 아들이야. 꼭 아들을 낳아야 한다. 에미야!"

할머니는 어머니의 손을 와락 쥐었다. 하서 김인후 후손인 외가는 남자가 귀했다. 어머니는 할머니의 간절한 눈을 바라보며 고개를 끄덕였다.

어둠이 점점 밀려오고 대나무의 수런거림도 점점 잦아가고 있었다.

아버지도 일찍 집으로 돌아왔다.

어머니의 비명 소리는 밤이 깊을수록 커져만 갔다. 어머니의 생명 탄생의 비명은 고스란히 대나무의 마디를 만들어 생장하고 있었다.

재봉 고경명의 12대 후손인 내가 어머니의 자궁 입구에서 들락날락 하고 있었다. 어머니는 수차례의 이질로 연약해질 대로 연약해진 몸으로 나를 세상 밖으로 내 보내기가 힘겨웠는지 간헐적으로 비명을 질러대는 소리가 가늘었다.

누나는 밭두렁에서 민들레꽃을 손에서 놓지 않은 채 잠들어 있다. 앙징맞은 꽃송이 하나가 누나의 손안에서 함께 평안히 잠들고 있다.

아버지는 방밖에서 어머니의 비명 소리를 들으면서 초조히

서성거리며 내 울음소리를 기다리고 있었다.

할머니는 어머니가 비처럼 쏟아내는 땀을 따뜻한 수건으로 닦아 주며 용기를 주고 있었다. 연약해질 대로 연약한 어머니는 몹시 힘들었는지 간혹 정신을 잃었다. 할머니의 애가 타는 목소리는 대나무 숲으로 전달되었는지 대나무들은 숨을 죽였다.

"으앙~"

드디어 내가 세상 밖으로 나왔다. 어머니의 비좁은 자궁을 통과하는 것이 내가 세상에서 해야 할 최초의 일이어서인지 그리 쉽지 않았다. 어머니가 제대로 먹지도 못하고 이질을 자주 앓아서인지 자궁 안과 자궁 밖이 멀지 않음에도 나에겐 그리 쉬운 길이 아니었다.

할머니의 손이 나를 따뜻이 반기는 세상이었지만 두려움으로 나는 울었다.

내가 울음을 터트려도 할머니는 달랠 생각도 없이 고추를 달고 나왔는지부터 확인했다. 튼실한 내 고추를 본 할머니는 밖을 향하여

"아범아, 고추다!"

소리가 끝나기도 전에 아버지는 방문을 열고 들어왔다. 두려움으로 울고 있는 나를 무척 반기며 흥분해 있었다.

할머니가 내 태를 자르고 어머니와 나를 감쌌던 태반도 마지막으로 어머니의 자궁에서 나오고야 10개월의 어머니 뱃속에서의 동거는 끝이 났다.

나의 출생은 일제 말엽의 온갖 고초 속에서 조부모님과 부모님에게 한가닥 섬광같은 희망이었다. 그들은 나를 들여다보며 세상을 다 얻은 얼굴로 지친 생활을 털어내고 있었다.
　　대나무의 기운은 온 방안 그득 그득 차고 넘쳤다.

제3장

竹床甫

· 오줌쟁이 재언이
· 똥쟁이 재언이
· 병약한 못난이 재언이
· 대나무 밭이 많은 향교 마을의 장흥고
씨 일촌에서 제봉 고경명 12대손으로 탄
생하여
· 마을 앞 맑은 물이 흐르는 냇가 중앙의
竹床甫에서 아침부터 저녁까지 맑은 냇물
만 먹으며 멱감고 자라다

1. 아름다운 내 고향 담양의 삶

전라남도 최북단에 자리한 담양군은 동쪽은 전남 곡성군, 서쪽은 장성군, 남쪽은 화순군과 광주광역시, 북쪽은 전북 순창군과 접한다. 지형은 동서보다 남북이 길며, 북쪽이 높고 남쪽이 낮다. 북부 동부 남부는 호남정맥의 추월산(729m) 산성산(573m) 광덕산(584m) 봉황산(236m) 연산(505m) 북산(782m) 무등산(1,187m) 등의 산줄기가 솟아있다. 서부는 호남정맥의 병풍산(822m) 지맥이, 남부는 호남정맥의 무등산에서 서북으로 흐르는 지맥이 담양을 둘러싸고 있다.

영산강 본류는 호남정맥의 병풍산지맥과 무등산서북지맥 사이를 지나 광주 나주를 거쳐 서남해로 빠져나간다. 영산강 지류인 용천 담양천 증암천이 담양의 중앙을 흘러간다.

담양군 중앙에서 서남부에 걸친 담양천 유역에는 봉산들, 수북들, 고서들, 대전들 등의 평야지대를 이루며, 그 면적은 전체 면적의 25%가 넘는다. 증암천과 오례천이 합류해 영산강을 이루며, 영산강 유역의 농업개발사업으로 담양호와 광주호가 완공됨으로써 총경지면적의 80%가 수리안전답으로 바뀌었다. 서남쪽은 전남평야와 연속해 담양평야를 이룬다.

기후는 대륙성기후로 한서의 차가 심한 편이라 대나무, 팽나무, 느티나무, 이팝나무, 엄나무 등 아열대성 식물이 자란다. 특히 기후와 토질이 대나무가 자라기에 알맞아 대나무밭 면적이 전국에서 제일 넓다.

우리나라 최고의 죽향으로서 대나무 공예품으로 유명한 담양에 자리한 대나무 전문 박물관은 1966년 죽세공예품의 보존·전시, 기술정보의 교환, 판매알선을 목적으로 죽세공예센터로 발족해, 1981년 죽물박물관으로 개관했으며, 얼마 전 한국대나무박물관으로 개칭했다.

박물관 안에는 고대와 현대의 작품 가치가 높은 죽물과 중국 등 해외에서 들여온 죽제품 등 1,872점의 제품이 전시되어 있다. 총면적 1,200평 규모로 64종의 대나무가 심어져 있는 죽종장이 있고, 죽제품 제작을 체험할 수 있는 죽제품 제작 상설체험교실은 남녀노소 모두에게 인기 있다. 부채 단소 팔랑개비 붓통 자리방석 등을 직접 실습하며 만들 수 있다.

향교리 뒤편 대숲의 죽녹원(竹綠苑)은 대나무축제 추진위원회에서 2003년 5월에 새로 개발한 정원이다. 금성면에 자리한 대나무골 테마공원이 대나무축제 주무대에서 멀리 떨어져 있고 주차하는 데 어려움이 많았기 때문. 죽녹원은 지난 축제 당시 무려 30여만 명이 다녀가면서 일약 담양의 명물로 떠올랐다. 대숲에 오솔길을 만들고, 조형물 등을 설치해 관광객들이 죽림욕을 즐길 수 있게 꾸몄다.

대숲 안에 많은 죽로차나무가 자생하고 있어 죽녹원이라 이름 지었다. 샘물 등 편의시설은 전혀 없으나 담양 읍내에 있어 접근도 쉽고 주차 등의 어려움도 없을 뿐만 아니라 바로 옆에 담양의 자랑인 관방제림이 있어 이와 연계해 거닐기 더없이 좋다.

또한 담양은 논 면적이 밭 면적에 비해 거의 3배에 달하며 쌀이 주요 농작물이다. 그밖에 고구마 보리 잡곡 한우 등의 농축산물 생산량이 많고, 조선시대부터 전국에 이름 날린 죽세공예를 비롯해 창평엿 한과 죽엽청주 추성주 등도 주요 특산물이다. 봉산면 일대에서 생산되는 딸기, 대전면의 느타리버섯이 주요 특작물로 알려졌고, 최근엔 고서면의 포도도 많이 알려져 있다. 평야지대라 광공업의 발달은 아주 미약한 편이며 고령토가 소량 생산된다.

이렇게 풍부한 먹거리가 있는데 일제의 수탈로 담양 사람들 거의가 굶주림에 직면해 있었다. 전통시장으로는 담양읍 창평면 대전면 대덕면에서 정기시장이 서고 있으나 교통의 발달과 대도시 중심의 경제활동 강화로 장이 점차 쇠퇴하고 있다. 300여 년의 역사를 가지고 있는 담양죽물시장에서는 담양 지역 특산물인 죽제품이 주로 거래된다. 죽향축제는 선비정신과 죽세공예 문화를 테마로 한 전국축제이다. 1999년부터 시작한 축제로 군민의 날인 5월10일을 전후로 대나무를 테마로 하여 열린다. 농토가 기름지고 밭작물이 풍성하게 자랄 수 있는 환경이지만 일제의 수탈과 거의 농지를 소유하지 못한 소작농이 대부분이어서 지주에게 바치고 나면 많은 식구가 배불리 먹을 수 없었다.

담양군 고서면 교산리에 위치한 우리 집도 소작을 했는데 외가에서 가져온 씨감자와 고구마를 심어 허기진 배를 달랠 수 있었다. 어머니와 할머니가 무, 배추 수백 포기를 심어 산더미 같은 김장을 하면 좋은 음식이 되었다. 교촌 또랑으로 흐르는 맑은 물에 살얼음을 깨며 손을 호호 불며 대형 항아리 10개에 담고 싱건지를 담는다. 그것으로 김치밥도 해먹고 씨레기국으로 허기를 면할 수 있었다.

어머니와 할머니는 사십 리 길인 광주양동시장과 이십 리 길의 창평 5일장을 다니며 가꾼 곡식을 내다 팔았다.

창평시장은 조선시대 임금님 진상품인 쌀엿과 천년의 신비를 고이 간직한 죽염과 떡갈비로 유명하다. 창평 쌀엿은 조선시대 양녕대군이 청평에 낙향해 지낼 때 함께 동행한 궁녀들이 전수해 준 것이라고 한다.

죽제품이 유명하다보니 시장입구부터 죽제품 점포들이다. 젓가락부터 채반, 소쿠리 등 종류별로 매대를 차지한다,

청평시장에서 가장 유명한 것은 단연 국밥이다. 광주와 가깝고 무등산을 오가는 사람들이 국밥 한 그릇으로 마음이 풍족해진다.

500여 년의 전통을 가진 청평시장은 곳곳에 대나무가 심어져 있고 느티나무들이 다른 시장과는 다름을 보여준다.

어머니와 할머니는 돈을 아끼기 위해 신 새벽에 손수레 뒤를 따르며 머리에 한 광주리 가득 이고 야채를 팔러 청평시장에 간다. 손수레를 수확하면 구루마에 잔뜩 실어 광주 양동시장 바닥에 내려놓고 저녁까지 소매하여 다 판 후에 새벽별을 바라보며 집으로 돌아온다.

집에서 몇 마리 기르는 닭이 알을 낳으면 식구들 그 누구도

먹지 않고 모았다가 청평시장에서 판다. 다 파는 날이면 가벼운 몸으로 돌아오지만 팔지 못하는 날에는 광주리에 이고 돌아오는 어머니의 발걸음은 마음마저도 무겁다. 기분 좋게 가져간 물건을 다 팔면 어머니의 광주리에는 실가치와 황세기 새끼가 담겨져 오곤 했다.

반주로 술을 즐기시던 할아버지를 위해 어머니는 서숙술과 감자와 고구마로 만든 술을 떨어지지 않게 담가놓고 늘 봉양을 한다.

어린 나는 마을의 바위로 된 죽상보에서 여름이면 아침까지 그곳에서 멱을 감았다. 하루 종일 물만 먹고 멱을 감고 나면 파랜 입술로 저녁이 다 되어서 집으로 들어온다. 죽상보 물로 채운 배는 저녁 밥상에 들러 앉은 식구들과 먹는 밥은 꿀맛이었다. 고씨 가문의 후손이라고 할머니의 나에 대한 정은 항상 밥상에서 묻어나곤 한다.

죽상보 맑은 물은 마을을 돌아나가고 논에 물을 대는 그곳에서 나는 물장구를 치며 살다시피 했다. 겨울에는 산천에 내리는 눈으로 인해 마을은 한 폭의 멋진 그림이었다. 멋진 흰 두루미 한마리가 날개를 살포시 펴고 금방이라도 날아갈 듯 눈에 덮힌 마을의 자태는 아름다웠다. 더욱 대나무 이파리에 살포시 앉은 눈으로 인해 대나무의 절개는 더 푸르렀다.

냇물이 얼면 집에서 쏟아져 나온 아이들은 스케이트를 만들어 신나게 탄다. 형들은 아버지가 만들어준 썰매를 가지고 나와 탔지만 나는 아버지가 돌아가시어 만들어 주는 사람이 없어 어린 마음에도 속상했다. 할아버지는 어린 손자의 이런 마음을 헤아리지 못했다. 풀이 죽어 있으면 그나마 친절한 친척 형은 잠시 내게 썰매를 타게 한다. 그러면 나는 재빠르게 썰매를 탄다. 뾰족한 송곳 끝에서 부서지는 얼음파편은 우리가 해질 때까지 썰매를 타도 녹지 않았다.

제4장

아버지의 공권력에 의한 희생

· 민주주의가 무엇인가. 사회주의가 무엇인가

· 인민군이 오기 전에 빨갱이로 의심되는 자는 다 처형하라

· 보도 연맹에 가입하라 해놓고

· 옥천골의 원혼

· 할머니 가슴 속에 살아난 아버지

1. 아, 그날이여

내가 사랑을 듬뿍 받으며 무럭무럭 자라고 있는 동안 세상은 더 시끄러웠다.

일본이 항복하기까지의 과정을 참고 문헌을 통해 알아보았다.

1945년 7월 26일, 미국·영국·중국의 포츠담 선언이 발표되었다. 이때까지만 해도 일본과 소련의 중립조약이 유효해 소련을 통한 강화 협상(조건부 항복) 공작이 진행되고 있었다. 29일 오후 4시, 스즈키 간타로 수상이 이를 묵살한다는 문제 발언을 했다. 일부에서는 이것이 번역의 문제였다고 이야기 하지만 "포츠담 선언에는 별 가치가 없다, 전쟁 완수에 매진하겠다"는 문맥을 볼 때 이것이 오역 문제가 아님은 분명해진다.

8월 6일, 히로시마에 원자폭탄이 투하되었다. 이것이 원폭이라는 미국 측 발표에 의심을 갖던 일본 정부가 원폭임을 확인한 것은 8일이었다. 9일 오전 6시, 사코미즈 히사츠네 내각 서기관장에게 소련의 중립조약 파기 다시 말해, 소련의 대일전 참전 소식이 전달된다. 오전 10시 30분에 열린 최고전쟁지도회의가 30분가량 진행됐을 무렵인 11시 2분에는 나가사키에 두 번째 원자폭탄이 투하된다.

최고전쟁지도회의는 1944년 8월 4일 기존의 대본영정부연락회의를 대체해 새롭게 설치된 회의체였지만 연락회의와는 거의 변화가 없었다. 대본영정부연락회의는 1937년 11월 처음 열렸는데 출석자는 정부에서는 내각총리대신(수상), 육군대신(육상), 해군대신(해상), 외무대신(외상)이, 대본영 측에서는 (육군)참모총장, (해군)군령부총장 등으로 내각과 통수부간의 의견을 조정하기 위해 개최된 것이다.

그러나 이 최고전쟁지도회의에서도 결론이 나지 않게 되자, 오후 11시 50분 히로히토가 참석한 가운데 어전 회의가 열리게 된다. 어전회의에는 추밀원 의장인 히라누마 기이치로, 내각 서기관장 사코미즈 히사츠네, 해군 군무국장 호시나 젠시로 등이 배석했다.

어전회의에서도 포츠담 선언의 수락을 둘러싸고 3대3의 팽팽한 대립 구도를 보이게 된다. 결국 10일 오전 2시, 스즈키 수상은 히로히토에게 성단을 요청하는데, 여기서 히로히토는 자신이 도고 외상과 생각이 같다고 말함으로써 포츠담 선언의 수락이라는 대방향이 정해지게 된다. 이것이 이른바 히로히토의 1차 성단이다.

정권 핵심에서 결단을 내려달라는 요구가 나온 것은 이미 지난 2월이었다. 3차례 내각총리대신을 지냈으며 훗날 GHQ에 의해 전범 혐의자로 지목되자 자살하게 되는 고노에 후미마로가 패전은 이미 필지라는 상주문을 올린 것이다. 그러나 이에 대해 히로히토는 더 큰 전과를 올린 후가 아니면 어렵다며 거절의 뜻을 밝혔고 그 결과로 수 많은 사람들이 정말로 아무런 의미 없이 스러져갔던 것이다.

10일 오전 7시, 중립국인 스위스와 스웨덴을 통해 포츠담 선언의 4대 연합국(미국·영국·중국·소련)에게 통보된다. 그 조건은 천황의 통치 대권에 수정을 가하지 않는다는 조건하에서였다. 해리 트루먼 미국 대통령은 번스 국무장관, 스팀슨 육군장관, 포레스탈 해군장관 등과 함께 회의를 열었고 일본에 대한 회신안 초안이 완성됐다. 이 초안은 다시 포츠담 선언의 다른 세 연합국 즉, 영국·중국·소련에게 전달된다. 소련은 전후 일본 점령에 대해 미국과 소련이 각각 최고사령관을 파견한다는 조건을 들었지만 이것은 받아들여지지 않았다.

이렇게 전달된 연합국측의 회신은 다시 일본 정부에 분열을 가져오게 된다. 외무성은 군부를 의식해 이를 '(천황과 일본 정부의 통치권은 연합군 최고사령관의) 제한하에 둔다'로 번역했지만, 군부 측은 이를 '예속된다'로 번역하고 국체 유지가 불가능해지므로 1억 총옥쇄를 주장한 것이다. 이 13일의 회의에서도 다시 3대3으로 의견이 분열될 조짐을 보이자 14일 오전 11시, 다시 어전회의가 열린다. 여기서 히로히토는 최후의 선언을 내리게 된다. 바로 두 번째 성단이다.

2차 성단이 내려지자 종전 조서의 작성 작업에 들어가게 된다. 여기서 몇 가지 수정이 이루어지게 되는데 그 대표적인 것은 전세는 날로 불리해졌다는 부분이 전국은 호전되지 않았다로 수정된 것이다. 이 부분은 아나미 육군대신의 강력한 반발로 그렇게 되면 지금까지의 발표는 모두 거짓말이 되는 것이니, 우리는 전쟁에 패한 것이 아니라 전국이 호전되지 않았을 뿐이라고 주장한 것이 받아들여진 것이다.

14일 오후 9시에는 라디오를 통해 내일 오전 중대 방송이 있을 것임이 알려진다. 그리고 밤 11시 20분부터 황궁에서 히로히토가 직접 녹음을 마쳤다. 두 장의 음반에는 5분 분량의 히로히토의 목소리가 담겨졌다. 이 음반들은 다음날 방송때까지 도쿠가와 의전비서가 보관했는데 일부 군부 인사가 이 음반을 탈취하려는 궁성 사건을 일으켰으나 실패했다.

15일 오전 7시 21분에는 전날 밤의 중대 방송이 히로히토의 직접 방송이라는 것이 밝혀졌고, 정오에 히로히토의 목소리가 전파를 타게 된다. 사실 천황의 목소리가 전파를 타게 된 것은 이것이 처음은 아니었지만, 첫번째는 '사고에 의한 것'이었던만큼, 사실상 첫번째가 되는 셈이다. 당시 일반인들이 사용하지 않는 용어와 히로히토의 웅얼거리는 듯한 목소리로 바로 이것을 알아들은 사람은 드물었고 이후 아나운서의 설명을 통해 일본의 패전 소식을 알게 된 경우가 많았다고 한다.

재미있는 점은 메이지 헌법 체제의 붕괴가 이 때를 포함해 2차 대전 시기에 매우 두드러진다는 점이다. 원래 포츠담 선언의 수락에 대한 결정은 추밀원의 자순사항에 상당하지만, 그것은 이루어지지 않았고 그저 추밀원 의장이 어전회의에 참석하는 것으로 갈음했을 뿐이다. 진주만 공습 당시에도, 선전 포고에 대한 자순권을 갖고 있던 추밀원은 사후 추인 기관에 지나지 않았다. 내각 역시 최고전쟁지도회의에서 이루어진 결정을 형식적으로 추인하는 데 그쳤을 뿐이다.

[참고문헌]

小森陽一, 송태욱 역, 『1945년 8월 15일, 천황 히로히토는 이렇게 말하였다』, 서울: 뿌리와이파리, 2004.Stephen Walker, 권기대 역, 『카운트다운 히로시마』, 서울: 황금가지, 2005.吉田 裕, 최혜주 역, 『아시아태평양전쟁』, 서울: 어문학사, 2012.石川 眞澄, 박정진 역, 『일본 전후정치사』, 서울: 후마니타스, 2006.半藤 一利, 이정현 역, 『일본의 가장 긴 하루』, 서울: 가람기획, 1996.

1945년 8월 15일, 담양의 아침 하늘은 구름으로 가득 덮여있었다. 사람들은 국내외 사정이 이렇게 급변하고 있는 줄도 모르고 평소와 다름없이 지내고 있었다. 일본 천황의 목소리가 전파를 타고 담양까지 전해지자 사람들은 슬렁거렸다. 어떤 사람들은 믿기지 않다고 하고 어떤 사람들은 사실인지 이웃에 물어보고 다녔다. 일제의 항복이 사실임을 알자 22.8℃의 아침 기온이 오후 3시가 되자 30.1℃로 치솟아도 광복의 기쁨에 사람들은 태극기를 손에 들고 대한민국 만세를 외치며 거리로 거리로 쏟아져 나왔다.

흰 물결과 태극기의 물결은 온통 기쁨으로 펄럭였다. 일본천황이 연합군에 무조건 항복했다는 소식을 전해들은 마을 사람들이 논밭에서 일손을 놓고 학교운동장으로 모여들었다. 베등걸이, 잠뱅이, 짚신 등 일하던 차림 그대로였다.

수십 명이 목소리를 높여 조선독립만세를 외쳤다. 어떤 사람은 농악과 농악기를 들고 나와 운동장을 돌며 한바탕 깃발을 날렸다. 장구가 신이 나고 꽹과리가 힘차게 울렸다. 용케도 일본 놈에게 빼앗기지 않고 깊숙이 감춰 두었던 꽹과리, 징 등을 꺼내 마음 놓고 들고 나와 온힘을 다해 신명나게 울렸다.

농악대 뒤를 따르는 사람들은 덩실덩실 춤을 추며, 만세 부르기를 목이 터져라 외쳤다. 부녀자들은 밀주단속에도 들키지 않고 감춰두었던 술항아리를 들고 나와 운동장 한 가운데 밀대 방석을 깔고 차려 내놓았다. 술이 거나하게 취하고 신명은 펄펄 날며 발악하듯 그동안의 한을 풀어냈다.

"가미사와를 때려 부수자!"

누군가 외쳤다.

운동장 한쪽에 단을 쌓고 잘 모셔진 성소는 순식간에 그들의 분노에 허물어져 산산 조각이 났다. 동네 아이들도 생전 처음 보는 구경거리에 영문도 모르고 신이 나서 운동장에 모여든다. 나는 어머니의 등에 업혀 이 신나는 모습을 구경했다.

"자, 내가 소를 한 마리 내겠소!"

한 남자가 소리쳤다. 농악대 소리 드높아도 그 소리는 정확하게 사람들 귀에 들렸다.

"와~"

"나는 막걸리를 내겠소!"

황소 한 마리 가마솥에서 밤새도록 기쁨을 우려냈다.

그 다음날엔 술이 나오고 떡이 나왔다. 하루 종일 광복의 기쁨을 누렸다.

그때 누군가 한 사람이 가장 나이 많은 사람의 귀에 대고 속삭였다.

"일본군이 총을 들고 다시 돌아온다. 얼른 피하시오."

갑자기 찬물을 끼얹은 듯 조용하다. 술잔이 엎어지고 가마솥
에 끓던 육수가 식는다. 기쁨이 멈추고 노래가 멈추었다. 대나
무의 속삭거림도 멈추었다.

할아버지는 아버지를 재촉해 일어난다. 멍석은 그대로 팽개
치고 집으로 돌아가 몇 가지 물품을 챙겨 이고 지고 마을 산 속
으로 들어갔다. 이미 땅거미가 가라앉아 어디가 어딘지 분간하
기가 어려울정도로 캄캄하다. 피난민 임시 대피소가 되었다.
많은 사람들이 모였지만 쥐 죽은 듯 조용했다. 제일 연장자가
기침소리도 크게 내지 못하도록 단속했다. 일본 군인들이 금방
이라도 공격해 올 것 같은 공포감만 감돌뿐이다. 긴장 속에서
지내는 한 시간은 하루해보다 길게 느껴진다. 정탐꾼은 근처에
서 제일 높은 봉우리에 올라가 마을의 상황을 살폈다.

"다른 마을은 모두 불을 환하게 밝히고 풍장치는 소리가 들
립니다. 우리 마을만 조용합니다."

"일본군이 공격해 온다는 건 헛소문으로 확인되었답니다. 다
들 집으로 돌아가세요."

마을을 지키기 위해 남아있던 청년이 헐레벌떡 급하게 뛰어
올라와서 말했다.

"도대체 누가 이런 헛소문을 퍼뜨렸는가?"

사람들은 화가 나서 제각각 떠들어댔다. 그러나 우연으로 끝
났지만 이보다 좋은 일이 어디 있단 말인가?

"다시 풍악을 울리자. 해방의 기쁨을 더 누리자."

가마솥에 다시 불을 지폈다. 덩그러니 뒹굴던 술잔도 씻어내어 술을 따랐다. 덩기덕덩기덕 풍악이 울린다. 기쁨이 울린다. 밤새도록 우리 마을 대나무 숲에 내린 기쁨이 충만했다.

어머니의 등에서 내린 나는 해방의 기쁨을 누리는 사람들의 사이를 아장아장 걸어다녔다. 동네 어른들은 그 기쁨에 취해 내 얼굴과 머리를 한번씩 쓰다듬어 주었다.

2. 민주주의가 무엇인가 사회주의가 무엇인가

우리 백성은 민주주의가 무엇이고 사회주의가 무엇인지 몰랐다. 어느 사이 좌익과 우익으로 갈라져 있었다. 조종자는 소련과 미국이었다. 남한에는 미국식 민주주의가 북한에는 소련식 사회주의가 들어섰다. 소수의 지식인들과 독립 운동가들이 사회주의와 민주주의 지식을 알고 있었을 뿐, 대한제국에서의 백성들은 왕조국가에서 일본 식민지로 다시 독립된 국가로 무슨 사상이 있었으며 무슨 이념이 있었을까?

이때의 상황을 지금의 잣대로 평가하는 것은 정치적 놀음에 불과한 것이다.

교육 수준이 형편없던 시대에 자기 이름자만 써도 공직자가 될 수 있었던 문맹률이 70%였던 시대이다. 유교가 지배하던 조선시대에서 벗어나지 못한 관리들의 온갖 비리가 난무하던 시대였다.

　좌우익이 무엇인지 구분하지 못했다. 서로 이익집단을 위해서라면 어떤 만행이라도 저질렀다. 공산주의가 뭔지도 모르는 공산주의자, 민주주의도 모르는 민주주의자, 그야말로 무법천지의 시대였다.

　아무 것도 모르는 무지한 백성들은 일제의 수탈에 이가 갈려 부자와 가난한 자가 없는 인민 해방을 외치는 좌익의 말에 빨치산이 되기도 했다.

　아버지의 사촌인 고광희, 나에게는 당숙인 그 분은 좌익사상을 가지고 있었다. 덕수상고 1회를 졸업한 당숙은 지식인이었다. 당숙이 어떻게 좌익사상을 가지고 있었는지는 일가들도 명확히 알고 있지 않았다.

　아버지보다 한 살 아래인 당숙과 아버지는 친하게 지내면서 당숙의 좌익사상에 대해 들었던 것 같다.

　당숙의 외가는 민황후의 집안이라 서울로 올라가 외가 덕으로 덕수상고 1회로 졸업하고, 시골로 내려와 고서국민학교 선생으로 와 있었다.

　아버지는 고서국민학교 1회 졸업생이고 당숙은 한 살 아래로 2회 졸업생이다.

　우리 동네는 고씨 집장촌으로써 몇 집을 제외하고 거의가 고씨들이 산다.

　한 살 아래인 당숙은 아버지에게 여러 가지 심부름을 시켰다.

국민학교를 졸업한 아버지는 그래도 글을 읽고 쓸 줄 아는 몇 사람 중의 하나였다.

하루는 당숙이 아버지를 찾았다.

"광율 형님, 부탁이 하나 있습니다."

"무엇인가?"

"무엇인지 알려고 하지 마시고 이 편지를 건네주시면 됩니다."

"자네, 요즘 무슨 일을 벌이고 있나?"

"인민이 잘 사는 나라가 곧 도래할 것입니다."

"나는 농사꾼이라 지금 세상이 어찌 돌아가는지는 모르지만 독립군들이 전하는 말을 알아들을 수가 없네."

"형님은 농사만 열심히 지으시면 됩니다."

아버지는 당숙 고광희가 전하는 편지를 누군가에게 전해주었다. 어떤 때는 당숙이 사람을 만나기 위해서 아버지를 보내기도 했다. 아버지는 당숙의 하는 일이 어떤 일인지 자세히 알지도 못한 상태에서 당숙의 부탁을 여러 차례 들어주었다.

그 당시의 우리나라는 남한 인구의 70% 이상이 사회주의 계열의 정치체제를 선호하는 경향이었다고 한다. 1948년 남한 단독정부 수립과 함께 좌익 활동은 사실상 불법행위가 되었을 뿐이다.

해방은 급작스럽게, 결코 원하지 않았던 것과 함께 찾아왔다. 국내외에서 최후의 결전을 준비했던 한국의 레지스탕스들은 세계대전에 기여할 어떤 기회도 갖지 못한 채 해방을 맞았다. 두 개의 핵폭탄으로 일제의 패망이 앞당겨진 탓이었다. 이로 인해 민족은 스스로 독립을 쟁취할 기회를 놓치고 말았다. 우리는 곧바로 새로운 싸움을 시작해야 했다. 그것은 분할 점령된 한반도에서 민족의 독립과 민족통일을 완성하고, 일본 제국주의 및 봉건제도의 잔재를 뿌리 뽑아 민주주의 국가를 수립하기 위한 싸움이었다.

아마도 당숙은 아버지보다 이런 변화를 잘 알고 있었던 것이다.

해방된 국민은 봉건 시대에만 살아 민주주의 개념도 모르고 문맹률이 70%에 달했고 중학교 이상 이수자가 겨우 26,000여 명 밖에 되지 않았다. 국민의 70%가 농업에 종사하고 그중 소작농이 86%인 상황에서 1946년 6월 북한의 토지 무상분배(지주 땅을 몰수하여 경작권만 부여, 남한 1950년 토지개혁)에 부러워할 수밖에 없었다. 더구나 위정자나 국민이 평등하다는 북한의 사회주의에 혹할 수밖에 없었다. 미군정이 1946년 7월, 미군정이 조사한 정치체제 여론조사에서는 사회주의 71%, 자본주의 14%, 공산주의 7%, 모르겠다 8%로 나왔다고 한다.

소작농을 하고 있던 아버지에게도 사회주의 이념이 전해지지 않았나 싶다. 당숙의 심부름을 하면서 아버지는 무능한 할아버지를 대신하여 할머니와 함께 농사일에 열심이었다. 당숙을 자주 만난 것을 보면 아버지도 인민이 잘 사는 세상의 도래를 꿈꾸었을 듯하다.

고씨 집장촌인 우리 마을도 삼삼오오 모여 수군거렸다.

"재산을 전부 팔아 만주로 독립운동 하러 갔던 옆 동네 복술이네가 돌아왔다는 구만."

"나도 이야기 들었네. 그 많은 전답 다 팔고 만주로 가더만 빈손으로 돌아와 어떻게 살련고? 참 점잖은 양반이었는데……."

아버지가 일을 마치고 돌아오자 나무 아래에서 더위를 피하던 동네 사람들이 모여 있었다.

"아제, 점심 잡수셨어요?"

아버지가 인사를 했다.

"자네, 우리에게 공출 내놓으라고 닦달치던 면직원 김가 놈, 그대로 그 자리에 꿰 차고 있다는데 아는가?"

마을 아제는 아버지의 손을 붙잡았다.

"알고 있습니다."

아버지는 침통하게 말했다. 그렇지 않아도 어제 사촌동생 고광희에게 그 말을 듣고 분노를 하고 있었던 참이다. 독립운동하다가 돌아와 보니 친일파였던 그들이 그대로 그 자리에 있는 것을 보고 화가 치밀어 견딜 수 없다고 하소연 했었다.

며칠 전 면에서는 독립운동을 하다 돌아온 좌익인 김성출과 면직원이었던 이득만이가 거리에서 큰 싸움을 대판 벌였던 것이다.

"광율아, 사회주의가 무엇이냐? 인민에게 좋은 거라던대?"

아제가 말했다.

"그런 소리 말아. 민주주의가 좋다고 하던데."

아버지는 집안 어른들의 말싸움에 끼어들 수가 없었다.

그런가 하면 해방직후 민중자치기구인 인민위원회가 설립이 되었다. 인민위원회는 해방이 되기가 무섭게 조선건국준비위원회를 발족시킨다. 이때 앞장선 사람이 고광희 당숙이었다.

조선건국 준비위원회는 일본 경찰 조직을 밀어냈다. 각 지방으로 조직을 확대하여 보안대 치안대 등의 이름으로 조직한 수가 145개소에 이른다. 이들은 실질적 통치기능을 담당하였으며 친일파와 민족반역자를 제외하고 다양한 계급과 계층을 흡수했다. 좌익에 몸담았던 사람들이 대부분 주요직을 얻었지만 어떤 곳은 지방유지인 부유한 우익인사가 인민위원회를 이끌기도 했다.

이 인민위원회는 민중들에게 큰 지지를 받았다. 거의 80%가 인민회 소속이었다 그들은 조직, 선전, 치안, 식량, 재정을 담당한 부서를 두었고 어떤 지역은 소비문제, 귀환동포, 보건후생과 소작료 문제를 다르기도 했다.

그들은 세 가지 강령을 두었다.

첫째. 모든 일본인 재산은 한국인에게 돌려준다.

둘째, 모든 토지와 공장은 농민, 노동자에게 속한다.

셋째, 모든 남녀는 평등한 권리를 갖는다.

일본의 억압과 못된 지주들의 횡포에 시달림을 받았던 농민들은 인민위원회가 제시한 이 세 가지만이라도 혹하는 제안이었다. 그들은 새 세상을 꿈꾸었다,

좌익과 우익들은 사회주의가 무엇이고 민주주의가 무엇인지

모르는 순박한 인민들을 설득하려 했지만 좌익의 인기가 더 높았다.

아버지도 당숙의 하는 일이 좋게 보았다. 이 척박한 땅에 자유롭고 평등한 국민주권국가를 건설하고자 하는 말에 마을 사람들이나 담양 사람들의 열의는 높았다 .

그러나 해방과 함께 들어온 외세는 사회를 또 다시 혼란하게 했다.

남한에는 미군정이 북한에는 소련이 진주하게 된다. 미군정은 경험이 있다는 이유로 친일 관료들을 대부분 재등용했고 친일파 척결에 앞장섰던 반민특위는 오히려 해체되는 등, 친일파들은 대부분 일제강점하의 지위와 재산을 그대로 유지하게 된다.

자연히 친일관료들과 독립운동하다 들어온 좌익들 사이에서 적잖은 싸움이 일어나곤 했던 것이다. 독립군들은 이런 상황을 몹시도 분개했다.

내가 태어나기 전, 1942년 중국에서 조선독립동맹이 만들어졌다. 조선민족혁명당 산하의 조선의용대 일부가 김두봉 위원장을 중심으로 화북 조선청년연합회와 연합하여 만들어진 조직이다. 조선의용대 일부는 한국광복군에 편입된다.

조선독립연맹은 반제반봉건민주혁명을 정치 노선으로 삼았다. 전민족적 반일통일전선을 수립하고자 했다. 그들은 일제의 조선 지배를 몰아내고 보통선거에 의한 민주정권 건립과 언론·출판·집회·결사·신앙의 자유를 원했다. 친일 대기업의 재산과 토지 몰수하고, 8시간 노동제와 사회노동보험 실시를 원했다.

또한 그들은 통일누진세제를 실시하고 남녀평등과 의무교육제를 정책으로 삼았다.

이들의 신국가 건설 노선은 독립·자유의 조선민주공화국 수립과 반일민족통일전선의 건설, 민족주의자와 사회주의자 모두가 만족할 수 있는 반제반봉건민주혁명 노선이었다.

조선독립동맹은 일제에 반대하는 노동자·농민·군인·학생·지주·기업가를 기반으로 두고 중국 관내의 한인혁명단체를 통일하는 데 목적을 둔 화북지역을 대표하는 지역통일전선이었다.

그러나 이들이 해방이 되고 조국으로 돌아왔을 때는 빨갱이라는 명분으로 온갖 고초를 받으며 생명을 잃은 사람도 부지기수다.

김원봉은 조선의용대를 이끌고 조선임시정부와 합류한다. 임시정부 보수파들은 공산주의자, 사회주의자들과는 연계할 수 없다며 항상 마찰이 심했다..

당숙 고광희는 광복 이후 해방 후 1945년 조선공산당 광주시당 소속으로 담양군 인민위원회 위원을 지냈다. 이후의 행적에 대해서는 알 수 없다.

이런 불안한 와중에도 정치권도 변화의 연속이었다.

해방을 맞은 기쁨도 잠시 회오리바람이 또다시 불 것이라는 것을 사람들은 예측하지 못했다.

3. 인민군 오기 전에 빨갱이로 의심되는 자는 다 처형하라

내가 태어난 지 세 살이 되던 1947년, 세상은 더욱 혼란스러웠다. 평화스러운 교촌 마을도 술렁이는 바람으로 연일 불안한 기류가 흐르고 있었다.

제주에서 일어난 사건은 한반도에 피바람을 일으켰다.

3월 1일 제주도, 민주주의민족절로 개최된 '3·1운동 기념 대회'에 3만 명 이상의 도민이 참가해 모스크바 삼상회의안에 대한 절대적인 지지를 선언했다. 그러자 경찰은 집회 해산 명령을 내렸다.

남한에서 친미 성향의 정권 수립을 원했던 군정 당국으로서는 통일 정부 수립을 요구하는 도민들의 집회가 가두시위로 발전하는 것을 결코 용납할 수 없었기 때문이다. 이 과정에서 기마경찰의 말발굽에 어린이가 다치는 일이 일어났다.

이에 분노한 군중이 거칠게 항의했다. 그러자 경찰이 총기를 발사해 여섯 명의 사상자가 발생했다. 격분한 도민들은 경찰의 공식 사과와 발포한 경찰의 파면을 강력하게 요구했다. 이 요구가 거부당하자 제주도민들은 공동 투쟁 위원회를 결성한 뒤, 3월 10일에 총파업에 가두로 뛰쳐나왔다. 시위대를 향해 군정청 망루에서 경찰이 발포하여 6명의 사망자가 발생했다.

기업체뿐만 아니라 관공서와 학교, 심지어 경찰까지 가담하면서 파업이 걷잡을 수 없이 확산되자 당황한 미군정은 사태 해결을 다각도로 모색하기 시작했다.

그러나 사태 해결을 위해 제주를 방문한 경무부장 조병옥은 사과의 말을 전혀 하지 않았을 뿐만 아니라, 도청을 방문해 파업 중이던 공무원들에게 "제주도 사람들은 사상적으로 불온하기 때문에 건국에 저해가 된다면 싹 쓸어버릴 수도 있다"는 발언까지 했다. 이틀 전에는 경무부 차장 최경진이 기자들과 만난 자리에서 "원래 제주도는 주민의 90%가 좌익 색채를 띠고 있다"고 밝히고, 3·1사건과 이후 사태의 원인이 제주도민의 정치적 성향에 있음을 강력하게 시사했다.

당시 미군정과 그 밑의 경찰 수뇌부는 모두가 제주도를 '빨갱이들의 섬'이라고 판단하고 있었다. 경찰은 사태를 조속히 마무리 짓기 위해 여러 도에서 차출된 300명 이상의 경찰 병력과 그 이상의 서북청년회 단원들을 제주에 증파했다.

대대적인 검거 선풍이 불어 닥쳐 제주도민 2,000명 이상이 체포되고 200명이 구속되었으며, 이로써 제주도민과 미군정은 정면 대결로 치닫게 되었다.

사태는 해가 바뀌면서 더욱더 악화되었다. 1948년에 미군정이 모스크바 삼상회의의 결정을 철회하고, 유엔의 주관하에 남한만의 단독 정부를 수립하는 방안을 적극적으로 추진하면서, 전국에서 단독 선거에 반대하는 투쟁이 조직적으로 전개되었다. 제주도도 예외는 아니었다. 그 결과 대대적인 검거 선풍이 섬 전체를 휩쓸었다.

이 과정에서 일어난 몇 차례의 고문치사 사건은 미군정과 경찰, 그리고 서북청년단을 비롯한 우익 단체들에 대해 도민들이 품고 있던 악감정에 불을 질렀다.

미군정은 5월 10일로 예정된 남한 지역 단독 선거를 성공적으로 치르는 데 관심을 집중하고 있었기 때문에, 가능한 한 주민과의 갈등과 충돌을 피하려고 했다. 이런 이유에서 미군정은 정치범에 대한 특별 사면까지 단행했다. 그렇지만 사태는 미군정이 바라는 방향으로 전개되지 않았다. 남로당 지도부는 어떤 수단을 동원해서라도 남한만의 선거를 막고자 했다. 본격적인 무장 투쟁의 길이 준비된 것이다.

1948년 4월 3일 새벽 2시, 한라산의 중허리 오름마다 봉화가 타오르면서 남로당이 주도하는 봉기가 시작되었다. 무장대의 무기는 빈약했다. 무장대는 도내 24개의 경찰지서 가운데 11개를 일제히 공격했다. 경찰과 서북청년단 숙소, 우익 단체 간부들의 집도 습격했다. 도내의 행정과 치안은 순식간에 마비되었다. 선거 업무를 담당하는 면사무소와 선거 사무소가 연달아 습격당하면서, 다가오는 선거를 제대로 치르기 어려울 것이라는 전망이 섬 전체를 휩쓸었다.

심각한 사태에 직면한 미군정은 4월 5일에 제주도에 비상경비사령부를 설치하고, 주민들의 통행을 제한하기 시작했다.

미군정은 육지의 여러 도에서 차출된 경찰 병력 1,700명을 제주도에 즉각 파견했고, 서북청년단도 대거 제주도로 향했다.

4.3 기간 동안 제주도에 들어온 서북청년단 단원은 적어도 800명을 넘었던 것으로 보인다. 제주에 들어온 서북청년단의 만행은 이루 말할 수 없을 정도로 끔찍한 짓을 자행했다.

미군정의 관심은 봉기의 원인과 배경을 확인하는 데 있지 않았다. 그들의 관심은 오로지 하나였다. 어떻게든 '빨갱이 섬' 제주도의 반란을 조속하게 평정하는 것이었다. 제주도에서 일어난 불씨를 신속하게 끄는 데 실패한다면, 단독 선거는 물론 그 이후의 한반도 전체의 사정이 예측할 수 없는 방향으로 전개될 것이기 때문이었다.

미군정의 기대와 달리, 토벌군의 주축인 제9연대의 지휘관 김익렬 중령은 초토화 작전보다는 협상을 통해 문제를 해결하는 데 주력했다. 그의 노력에 힘입어 군과 무장대는 휴전에 합의했다. 그러나 불안한 휴전 약속은 지켜지지 않았다. 중요한 변수는 미군정의 입장이었다. 미군정의 태도는 군정장관 딘 소장이 제주도를 직접 다녀간 뒤 강경 일변도로 치달았다.

이에 격분한 무장대는 5월 7일부터 선거 당일인 10일까지 선거 사무소들을 집중적으로 공격했다. 그들은 선거 관련 공무원들을 납치하고 선거인 명부를 탈취하는 일도 서슴지 않았다. 제주도의 전체 3개 선거구 가운데 두 곳에서 투표율 미달로 선거가 무효화되는 큰 일이 벌어졌다.

8월 초에 김달삼을 비롯한 무장대 지도자들이 해주에서 열리는 인민 대표자 대회에 참석하기 위해 제주를 떠나자, 미군정은 이때야말로 제주도를 완전히 고립시켜 남한 정국의 안정을 꾀

할 수 있는 기회라고 생각하고, 미군정은 무장대의 투쟁과 제주도민의 항거가 북한과 연계된 체제 전복 음모라고 선전하기 시작했다.

8월 중순에 와서 무장대는 토벌 군경에 대한 공격을 재개했다. 정부는 8월 15일에 미군정이 공식적으로 끝나고 남한 단독 정부가 출범하는 순간부터 제주를 정권의 정통성에 도전하는 세력으로 간주해 병력이 증파되었다.

제9연대장은 해안선에서 5킬로미터 이상 떨어진 중산간 지역과 산악 지역을 허가 없이 통행하는 것을 금지하며, 이 명령을 어기는 사람은 이유 여하를 막론하고 총살에 처한다는 내용의 포고문을 내걸고 제주신보 사장과 전무는 체포되고 편집국장이 총살되었다. 경향신문과 서울신문 지사장들이 총살되어 언론 통제와 모든 것이 고립되었다.

바로 이 즈음에 제주도의 상황을 악화시키는 중요한 사건이 육지에서 일어났다.

제주도 무장대 토벌의 임무를 띠고 출동하라는 명령을 받은 여수 주둔 제14연대가 명령을 거부하고 10월 19일 봉기를 일으킨 것이다.

여순사건으로 죽은 경찰관의 수는 전사자를 포함해 모두 74명으로 나타나 있다.

우익진영 요인들이 돌아다니면서 소위 '심사'라는 것을 했는데 시민들 중에 가담자가 눈에 띄면 뒤따르던 군경에게 "저 사람"하고 손가락질만 하면 그 자리에서 바로 즉결처분장으로 끌려가는 판이니 누구나 산목숨이라 할 수 없었다.

"여순사건"땐 각급 기관장이나 우익진영의 유력인사를 제외하곤 일반 민간인의 피해는 거의 없었으나 진압군이 들어오면서 사정은 달라졌다.

중앙국민학교에서 진행된 가담자 색출작업도 동족이나 민족이란 개념과는 거리가 먼 것이었다. 무자비한 몽둥이 고문에 견디다 못한 사람들의 비명소리가 쉴 새 없이 흘러나왔다. 군, 경은 가담사실이 드러나면 바로 교정 동쪽에 있는 버드나무 밑에서 즉결처분했다. 여수시내 중심부의 시청과 경찰서 주변에는 시체가 아무렇게나 뒹굴고 있었고 경찰서 뒤뜰에는 시체가 대강 정렬돼 있거나 혹은 난잡하게 포개져 있어 그 처절함이 이루 말할 수 없었다. 또 만성리로 가는 터널 뒤쪽에는 집단총살된 사람의 수가 이루 헤아릴 수 없었다.

"백두산 호랑이"로 악명을 떨치고 있던 김종원 대대장(당시 대위)은 일본도의 칼맛을 시험한다며 여수 구석구석을 뛰어다니면서 혐의자들을 참수 즉결처분하기도 했다.

비록 일제하의 탄압아래서 몸서리치도록 뼈아프게 약소민족의 비애를 느껴왔지만 이번과 같이 잔인하고도 참혹한 구체적인 사실을 목도하리라고는 국민들은 꿈에도 생각조차 못했던 일이다.

"이 민족에 절망하라"고 울부짖으면서 "이 민족이 절망에서 구원되리라고 생각하는 의욕까지를 포기하라"고 국민에게 강요하다시피 하는 것이었다.

여순사건과 관련하여 군사재판에 회부된 군인의 재판결과를 발표했다.

발표문에 따르면 모두 2천8백17명이 재판을 받아 4백 10명이 사형, 5백 68명이 종신형을 받고 나머지는 유죄형 혹은 무죄 석방되었다.

여순사건 1주일 현재 여수지구에서만 관민 1천 2백명이 학살당하고 중, 경상자 1천 1백 50명, 가옥소실파괴 1천 5백 38동, 이재민 발생 9천 8백여 명의 피해를 냈으며 여순지구의 인명피해도 4백여 명에 달했다고 기록하고 있다.

이승만은 군에 대한 통제력을 강화하고 국가보안법을 공포했다. 친일파 처단과 통일을 요구하는 세력 때문에 수세에 몰려 있던 이승만은 정국을 일거에 반공 정국으로 변화시키는 데 성공한 것이다. 이후 반대파에 대한 대대적 반격을 시도하면서 정권을 강화해나갔다. 바로 이런 일련의 흐름 속에서 1948년 11월 중순에 제주 지역 초토화 작전이 결정된 것이다.

작전 지역 내에 있던 169개 마을 가운데 130개가 불에 타버렸고, 3만 명 이상의 주민이 목숨을 잃었다.

토벌대는 중산간 마을 주민들이 무장대에게 식량과 은신처를 제공하고 있다고 가정하고 있었다. 이런 가정은 토벌대가 무장대에게 기습당할 경우 확신으로 바뀌었고, 따라서 토벌대는 마을 주민을 남녀노소, 무장 여부를 막론하고 살해하는 지경에까지 이르렀다. 무차별 학살을 피해 추운 겨울에 깊은 산중으로 들어간 중산간 마을 주민들은, 굶어 죽거나 무장대의 일원으로 간주되어 살해당했다.

토벌대의 소개 명령에 따라 해변 마을로 내려온 사람들도 학살의 위협을 완전히 피할 수는 없었다. 왜냐하면 토벌대는 가족 중에 한 사람이라도 빠져 있는 경우에는, 특히 젊은이가 빠져 있는 경우에는 '도피자 가족'이라고 확신해서 그 가족 모두를 처형했기 때문이다. 학살에는 뚜렷한 원칙이 없었다. 살아남기 위해서는 일단 토벌대의 명령과 요구에 응해야 했지만, 그렇게 했다고 해서 꼭 살아남으리라는 보장도 없었다.

제주도에서 전개된 초토화 작전은 책임 의식과 규율이 없는 집단에게 총과 권력이 주어졌을 경우 얼마나 어처구니없는 비극이 일어날 수 있는지를 너무도 잘 보여주었다. 규율이 결여된 군경과 복수심에 찬 서북청년회 단원들은 자신들에게 주어진 '절대 권력'을 공사의 구분 없이 행사하면서, 사태를 걷잡을 수 없이 악화시켰다.

여성에 대한 강간, 유희적인 살인, 무자비한 참수 같은, 인도에 반하는 행위 가운데서도 극악한 유형의 범죄가 도처에서 일어났다. 무장대 일원으로 활동한 사람이나 산속으로 도주한 사람을 체포하지 못할 경우에 그 가족을 대신 살해하는 경우도 곳곳에서 저질러졌다.

이처럼 전근대적인 범죄는 따로 예시하기 어려울 정도로 많이 일어났다. 초토화 작전 기간 중에서 학살이 정점을 이루었던 시기는 1948년 12월 중순부터 열흘간 자행되었다.

이념갈등으로 시작된 봉기는 이념에 상관없는 주민들의 학살로 이어졌고, 초토화작전에 따른 학살은 7년 7개월 만에 막이 내렸으며, 추정사망자가 25,000~30,000여 명으로 제주도민의 1/9가 학살당했다. 학살당한 희생자중 33%가 노인, 여자, 어린이였다니 가슴이 시린 일이다.

제주도에 있는 제주평화기념관에 가면, 13,903명의 위패가 봉안되어 있으며, 아직도 행방불명되거나 이름 없는 희생자를 위한 행불인표적이 있다. 이같은 학살이 다른 나라 사람이 아닌 우리민족, 우리이웃에 의해 자행되었다는 게 가슴 아프기만 하다.

-인터넷 검색 참조

4. 보도연맹에 가입하라 해놓고

제주와 여·순의 여파는 전국적으로 영향을 미쳤다. 담양도 비껴 갈 수 없었다.

1949년 4월 20일 한때 좌익단체에 가입했던 국민들의 사상전향을 목적으로 '국민보도연맹'이 결성됐다. 사상검사 오제도의 제안으로 만들어진 이 조직은 모집과 관리는 일선 경찰서에서 맡았으며, 대부분 요시찰인으로 주요 감시 대상이었다. 회원은 시골로 갈수록 사상이나 이념에 무관한 촌사람들로 할당에 의해 채워졌다.

시골사람들이 거의 배우지 못했지만 아버지는 국민학교를

졸업한 똑똑한 사람이었다. 제주사건과 여순 사건의 소식을 아버지 또한 듣고는 몸을 피하지 않으면 안 되었다. 죄의 경중을 따지지 않고 좌익이라는 그림자만 밟아도 무참하게 죽임을 당한다는 소문은 많은 사람들을 떨게 했다.

곳곳에서 "탕~탕~탕~탕" 들리는 소리는 공포 그 자체였다. 순경이 과거 전력이 있는 자의 명단을 작성하여 직접 나서기도 했지만 우익 단체인 대한청년단 회원, 자주통일청년단 회원, 서북청년단원을 앞장세워 리 마다 일정한 할당을 주었다. 해방 초기 좌.우익이 뭔지도 모른 채 민족해방에 들떠 권유하는대로 아무 단체나 가입했던 경험이 있는 농민들이 대부분이었다.

"사상이 의심스럽구만!"

하고 윽박지르기만 해도 지레 겁을 먹고 손도장을 찍었다. 해방 직후 조국 건설에 따른 농민조합, 인민위원회, 청년동맹 주최 교양 강좌 등에 몇 차례 참석했어도 손도장을 찍어야 했다.

1946년 남한 전역을 휩쓴 '추수 봉기' 행진에 줄을 섰어도, 당신이 과거 그런 일 했지 않았냐고 넘겨짚으면 놀라 보도연맹에 가입하기도 했다.

추수봉기는 대부분 각 지역 농민들이 미군이 친일경찰과 관리들을 시켜서 제도화한 쌀 공출에 대한 농민들의 폭발적인 분노였다. 실제로 각 인민위원회와 각 지역 좌파조직은 분노한 남한 민중들을 통제하거나 시위 이후에 어떻게 해야 할지 조직적인 지도방침을 가지고 농민들을 지도하고 이끌지는 못하였다.

  가을봉기의 손실은 엄청났다. 경찰관 200명 이상이 피살되었으며 3개월 사이에 30,000명 이상이 체포당했다. 경북에서만 7천~8천명이 체포당했고 용산 철도 차고에서 하루에 2천명이 체포당했다. 전남에서도 4천명이나 체포당했다. 가장 큰 피해자는 좌파 조직이었다.

  봉기의 성공적인 진압은 국립경찰의 생존력에 전환점을 부여해 주었다. 한국 좌파 지도부는 1946년 발생한 놀랄만한 민중의 힘을 흡수하고 지도하고 조직하는데 실패했다.

  남한의 좌익세력 및 공산주의자들은 계속해서 실패했고 계속해서 분파로 갈라졌다. 봉기의 결과가 가져온 한국 빈농들의 가장 큰 손실은 그들의 이익을 지켜주던 지방 조직들의 붕괴였다. 대부분의 인민위원회와 농민조합들의 죽음을 알리는 종소리가 남한 전역에 울려 퍼졌다. 빈농들은 묵묵히 경작으로 되돌아갈 수밖에 없었다.

  문제는 이들 20만 명에 달하는 국민보도연맹원이 전쟁이 터지자 가장 먼저 '내부의 적'으로 간주돼 대부분 처형당했다는 것이다. 재판도 없이 마구잡이로 죽은 이들의 유가족들은 인민군이 내려오자 보복에 나서고, 다시 국군이 들어오자 역보복이 시작되면서 이 땅의 비극이 시작되었다. 이런 비극은 남한 땅 어느 시골마을도 예외는 아니었다. 아버지는 추수봉기 때도 묵묵히 일만 했었다.

  죽음이 두려운 사람들은 산으로 숨어들어갔지만 아버지는

마루 밑에 굴을 파고 그 속으로 숨었다. 아버지의 몸이 겨우 들어갈 정도로 땅을 팠다. 밑에는 짚을 깔았다. 어둠이 내리면 몰래 나와서 숨을 쉬기도 했지만 언제 잡혀 갈지 모르는 공포는 온 집안을 채우고 있었다.

우리 집안은 죽음처럼 조용한 정적이 흐르고 면과 지서에서는 하루에도 몇 번씩 들렸다.

할아버지와 할머니, 어머니는 어린 우리가 아버지가 마루 밑에 숨어 있는 것을 모르게 해야 했다. 자칫하여 들키면 생사가 걸린 일이었다. 사람 목숨이 총을 쥐고 있는 자에게 달렸던 그 당시였다.

철없는 여섯 살인 나는 아버지가 보이지 않자 어머니에게 아버지가 어디 갔느냐고 떼를 쓰곤 했다. 그때 어머니의 뱃속에는 내 여동생이 자라고 있었다. 그 여동생은 아버지의 얼굴을 보지도 못하고 전쟁이 나던 유월에 영양실조로 죽었다.

나를 낳았던 때에도 어머니는 제대로 먹지 못해 피골이 상접해있었는데 누나와 나, 바로 내 밑의 한 살 아래로 다섯 살인 여동생, 시부모를 봉양해야 하는 어머니로서는 무척이나 힘들었을 것인데도 침착했다.

어머니는 아버지가 안 계셨을 때보다 더 강하게 보였다. 그래서 어머니는 위대하다 하다고 하는지도 모르겠다.

남편의 생사가 엇갈린 위기를 조용히 견뎌내고 있었다.

"고광율씨, 어디로 숨었습니까? 혹시 집으로 돌아오거든 보도연맹에 가입을 하면 살려준다 하시오."

집에 들이닥친 면직원이 말했다.

"우리 재언이 아버지는 아무 죄도 없는데 왜 그러십니까?"

어머니는 면직원에게 매달렸지만 그가 보도연맹에 가입시켜야 할 사람 숫자가 모자란 지 아버지의 보도연맹의 가입을 종용했다.

아버지는 마루 밑에서 그 말을 다 듣고 있었다. 그날 밤, 아버지는 마루 밑에서 조심스럽게 나왔다.

어둠이 짙어가고 모두가 잠을 자는 사이에 방으로 들어와 어머니를 조용히 깨웠다, 어머니는 소스라치게 놀랐다. 그 좁고 협착한 곳에서 지내야 하는 남편의 고통은 알지만 어떻게 하든 살아남아야 했다.

"보도연맹에 가입을 해야 할 것 같소, 더 이상 마루 밑에 숨어있기가 그렇소, 가입만 한다면 살려준다 하니 염려하지 마시오."

아버지는 결심이 선 듯 결연하게 말했다. 어머니는 여기저기서 보도연맹에 가입했다는 소리를 듣고 있었지만, 마음이 편치 못했다.

이튿날, 날이 밝기가 무섭게 아버지는 면으로 달려가 보도연맹에 가입했다. 아버지가 집으로 돌아오자 우리는 아버지에게 매달려 기쁨을 표했다. 아버지는 어린 우리를 부둥켜안고 부르르 떨었다. 어린 자식들을 놓아두고 자신이 죽으면 부모와 아내가 고생할 것을 생각하니 괴로웠던 것이다.

아버지가 마루 밑에 숨어서도 가족 때문에 마음이 편치 못했을 것이다. 면직원이 와서 어머니에게 협박할 때는 당장 뛰쳐 나오고 싶었을 것이다.

아버지의 보도연맹 가입으로 우리 집은 일시나마 평화가 찾아왔다. 아버지의 모습을 본 우리는 마냥 망아지처럼 즐거워했다.

하나밖에 없는 독자를 잃을까봐 할머니의 마음고생은 더 심했다. 지금도 어린 눈으로 본 앞자락으로 눈물을 훔치는 할머니의 모습이 생생하다.

이승만 정부는 시골마을에서 할당량을 채우기 위해서 똑똑하다 싶으면 무차별적으로 보도연맹 가입하라 권했던 것이다. 아버지도 마을에서는 똑똑한 사람이었다.

아버지는 나의 당숙의 심부름을 했다는 이유로 보도연맹에 스스로 신고를 했다. 당숙 또한 6 · 25 후에 전향했다. 우리 동네도 보도연맹에 가입한 사람들이 있었다. 하지만 고 씨 집촌이라 서로 밀고 하지는 않았다.

아버지는 농사를 지으며 야학을 시작했다. 우리 집 골방에 만든 책상을 가져다 놓고 일터에서 돌아온 우리 마을과 인근 마을의 문맹 부녀자들에게 한글과 산수를 가르쳤다. 글 읽는 소리와 셈하는 소리가 어린 내 귓가에 생생하다.

아버지가 글을 가르칠 때 어린 나는 옆에서 나이 많은 사람들이 끙끙거리며 한글 읽히는 소리를 들었다.

나보다 세 살이 많은 누나는 국민학교에 들어갔다. 학교에서 돌아온 누나를 졸졸 따라다닌 나는 어느 날 밤, 누나가 들고 있는 책을 보았다. 낡고 허름한 책이었으나 반듯반듯하게 한글로 쓴 책이었다.

"할머니, 이게 무슨 책이에요?"

밤이 되자 누나는 누런 책을 들고 할머니에게 물었다. 할머니가 가끔 들여다보는 책이었다. 학교에 들어간 누나가 그 책에 관심을 가졌던 것이다.

"그건 책이 아니라 할머니가 시집오기 전에 손으로 베낀 것이란다."

할머니는 물레를 돌리던 손을 잠시 멈추더니 누나의 손에 있는 책을 가져갔다. 책을 두 손으로 어루만지며 책장을 넘겼다.

"할머니, 굉장히 글씨를 잘 쓰셨네요."

누나가 초롱초롱한 눈으로 말했다.

"우리 때는 사씨남정기랑 구운몽을 베끼는 것이 공부였단다. 여러 권을 베꼈는데 그 중에서 가장 아끼는 사씨남정기랑 구운몽을 가져왔지. 네 엄마도 그것 있단다."

할머니는 우리 두 남매를 바라보시며 할머니가 베낀 소설 이야기를 해주셨다. 김만중이 쓴 사씨남정기 이야기였다. 할머니의 이야기를 들으며 나는 잠에 빠져 들어갔지만 누나는 할머니가 들려주는 이야기를 끝까지 들었다.

사씨남정기는 조선 숙종 때, 김만중이 한글로 쓴 소설로 숙종이 인현항후를 폐위시키고 장희빈을 왕비로 맞아들인 것을 풍자한 것으로 흐트러진 임금의 마음을 깨우치고자 썼다고 한다.

할머니는 항상 말미에

"좋은 사람들은 행복해지고 나쁜 사람들은 불행해진단다."

하고 말씀하셨다.

이 사씨 남정기를 토해 잘못을 교훈삼아 다시는 잘못을 되풀이하지 말아야 한다는 말도 자주 했다.

그날 저녁엔 물레를 새벽이 다 되도록 돌리던 소리가 들리지 않았다. 잠결에 눈을 뜨니 할머니는 누런 책을 펴고 읽고 있었다.

어머니에게도 할머니와 같은 책이 여러 권 있었다. 어머니는 누나에게 그 책을 읽으라고 했지만 아직 한글을 익히고 있는 누나는 글 읽기가 힘든 모양이었다.

그 당시에는 여성을 학교에 보내지 않았다. 하지만 명문가 여자들은 유행하던 소설가의 글을 베끼는 것이 공부였다. 특히 김만중의 소설은 여성들에게 인기가 높았다. 아버지가 공부를 할 수 있었던 것도 할머니가 배움을 중시했기 때문이다.

아버지는 고서국민학교 제1회 졸업생으로 나와 동문이다. 고씨 집장촌인 우리 마을에 아버지의 가르치는 소리와 대나무 스치는 소리로 평화스러웠다.

벼가 햇볕에 누렇게 영글어 가고 있었다. 아버지는 농사를 지으며 집안일과 야학에 충실했다.

보도연맹에 가입한 사람들이 수십 명에 이르렀다. 1949년 이승만 정권이 대국민 사상통제 목적으로 결성한 좌익전향자 단체인 국민보도연맹은 전국의 모든 도·시·군·읍·면·동 단위

까지 지부를 갖춘 대규모 조직이었다. 아버지는 보도연맹에 가입했으므로 마음을 놓으며 바깥에서 간간히 들려오는 불안한 소리에도 편안하게 지냈다.

5. 옥천골의 원혼

1949년 10월 6일, 처음으로 추석이 공휴일로 지정된 이날은 우리 집도 조상에 차례를 지내느라 아침부터 분주했다. 모처럼 진수성찬에 배불리 먹고 나니 기분이 좋았다.

아침밥을 먹고 마당에서 놀고 있었다.

"광율이 있는가?"

아버지와 평소 절친했던 친구와 건장한 경찰이 집으로 들이닥쳤다.

마침 변소에서 나오던 아버지는 남자를 보자 반가이 맞이했다.

"자네, 새벽 아침에 웬일인가?"

아버지는 친구에게 물었다.

"제 친구입니다. 광율이라고."

아버지의 친구가 뒤따라온 두 사람에게 말하자 두 사람은 아버지 양옆으로 다가오더니 두 팔을 잡고 꼼짝하지 못하도록 했다. 순간 아버지는 당황했다.

"보도연맹원이지? 같이 지서로 가자."

"무슨 일로 그러십니까?"

"가보면 알아!"

경찰이 험하게 소리쳤다. 부엌에 있던 할머니와 어머니가 뛰쳐나왔다.

"우리 아들이 무슨 잘못이 있다고 그러십니까?"

할머니와 어머니는 경찰관에게 매달렸다. 경찰이 어머니의 손을 뿌리치자 어머니는 그만 나동그라졌다. 얼른 일어나 끌고 가는 아버지 뒤를 따르며 울부짖었다. 할머니는 필사적으로 경찰에 매달렸지만 그들은 무자비하게 어머니마저 밀쳐냈다. 집 앞에는 트럭이 한 대 있었다. 트럭에는 흰옷 입은 사람들이 뒤로 손이 묶여 서있었다. 할머니는 그 광경을 보자 그만 까무라치고 말았다.

트럭에 짐짝처럼 아버지가 실렸다.

"이놈들아, 조상에 차례를 지내지도 못하게 하는 것이 어디 있더냐? 끌고 가더라도 차례를 지낸 다음에나 끌고 가지?"

한 사람이 소리쳤다.

"곧 죽을 놈이 제사는 지내서 무엇해. 입 닥치고 있어!"

아버지는 할머니의 까무러치는 모습을 보고 트럭에서 뛰어내리려고 했지만 경찰이 총을 겨누는 바람에 꼼짝을 하지 못했다.

"어머니! 어머니!"

하고 외쳤다. 그러자 경찰은 개머리판으로 아버지를 사정없이 내리쳤다. 아버지의 절규하는 소리는 점점 사라지고 트럭도 나의 눈에서 사라져갔다.

나는 그 모습이 너무 무서워 벌벌 떨고 있었다. 할머니가 깨어나 아버지의 이름을 부르며 절규하는 모습에 곁으로 다가가 울음을 터트렸다.

"우리 광율이, 우리 광율이 어쩐다냐?"

할머니는 다시 까무러치고 말았다. 잠시 마실 나갔던 할아버지가 들어오시다 이 광경을 보시고 할머니를 들쳐 업고 안으로 들어갔다.

할아버지는 지서로 달려갔다. 그곳에 가보았으나 아버지가 어디로 끌려갔는지 알 수가 없었다. 누군가 면사무소 창고에 갇혀 있다는 말을 들었으나 삼엄한 경계를 하고 있어 접근이 불가능했다.

불안한 하루가 저물어 가고 있었지만 우리 집은 초상집이었다. 동네 사람들이 몰려와 함께 있었다. 동네에서 끌려간 사람은 3,4명이었다. 그 집들도 우리 집처럼 통곡소리가 났다.

"재언 아버지가 에이급으로 분류되었다는구만."

"쉿! 말조심해 해. 말 잘못했다간 끌려갈 수가 있어."

할머니와 어머니는 밤새 뜬눈으로 새웠다.

어느 날, 동네 친척 중 한 사람이 급하게 뛰어왔다.

"재언 어머니, 재언 어머니 어디 있당가?"

할머니와 넋 놓고 있던 어머니는 급하게 찾는 소리에 얼른 문을 열고 나왔다.

"놀라지 말게. 옥천골에서 38명이 총살당했다는구만. 재언이 아버지도 함께."

그 소리에 할머니가 방에서 나왔다. 할머니는 힘없이 그 자리에 주저앉아 넋 놓고 허공만 응시했다.

"거짓말이지요? 우리 재언이 아빠 죽은 거 아니지요? 거짓말이지요?"

어머니는 친척 아저씨의 몸을 붙잡고 흔들어댔다. 아저씨는 더 이상 아무 말도 하지 못했다. 아저씨는 어머니를 데리고 문학리 옥천골로 향했다.

아버지와 사람들을 태운 군용차량은 뿌연 먼지를 일으키며 옥천골로 향했다.

그들은 모두 손을 뒤로 한 채 묶여 있었다. 사방에서 총을 겨누고 있어 고개를 푹 숙인 채 죽은 듯이 서있었다. 트럭은 적재함 난간을 올려 세운 상태였는데, 사람들이 모두 서있었다. 트럭 한 대에 30여 명이 타서인지 앉으려면 비좁아서인지 서 있었다. 도살장에 끌려가는 소처럼 사람들은 두려움에 떨고 있었다. 어떤 사람들은 체념한 듯 아무런 표정도 없었다.

트럭은 대덕면 옥천골에서 멈췄다. 트럭에서 지휘관인 듯한 헌병장교가 내렸다. 뒤를 따르던 전투복 차림의 지서장과 순경들이 차에서 내렸다. 옥천골 골짜기는 제철인양 뽐내는 붉은 단풍으로 차마 붉어 아름다웠다. 곧이어 찢어발기는 듯한 총성이 둔덕 골짜기에 메아리쳤다. 그 소리는 마을까지 들렸다. 겁이 난 사람들은 집안에 처박혀 있었다. 총소리가 쩌렁쩌렁하게 울렸지만 아무도 나가보는 사람이 없었다. 피비린내가 더 진동했다. 학살한 헌병은 지서장에게 혹시 목숨이 붙어있는 사람이 있을 지도 모르니 철저히 확인하고 사살하라는 지시를 내린 후 옥천골을 나갔다. 명령을 받은 지서장은 그동안 집안에서 숨을 죽이고 있는 마을 사람들에게 동원령을 내렸다. 시체를 치우러 나오라는 것이었다. 둔덕과 옥천골 인근마을의 20세 이상 남자는 모두 이 일에 동원됐다. 과연 헌병의 예상대로 온몸에 총을 맞고도 그때까지 살아있는 사람이 있었다. 훗날에 시체를 묻어주고 온 사람은 그때 상황을 말하기를 벌벌 떨면서 목숨이 붙어있는 사람이 살려달라고 하는데 그냥 산채로 묻을 수밖에 없었다면서 엉엉 울기도 했다. 경찰이 옆에서 지켜보고 있으니 살려줄 수가 없었다는 것이다.

우리 가족은 아버지의 시신을 보름이 지난 후에 지인이 알려주어 당숙과 숙부님이 어머니와 함께 오십 리 길 옥천골에 가 수습했다. 시신은 부패되어 구별 할 수가 없었다. 어머니는 삼베로 만든 속옷 담배 넣는 주머니를 보시고 찾아냈다. 두상에는 수십 발의 총이 난사되어 있었다.

우리 가족은 시신을 가져와 땅에 묻는 내내 아버지가 억울하게 죽은 것에 대해 화를 참을 수가 없었다. 할머니의 분노는 극에 달했으나 그런 모습을 들키는 날에는 할머니마저도 죽을 수밖에 없는 상황인지라 아무에게도 대들 수가 없었다.

보도연맹에 가입한 가족들은 불평불만을 감히 입에 올릴 수도 없었다.

좌우익의 갈등과 보복은 사실은 감정에 의한 것이 많았다. 즉, 평소의 인간관계가 상호 보복의 원인이 되는 경우가 많았다는 것이다.

전국적으로 다 마찬가지지만 보도연맹원의 집단처형은 연쇄적인 보복을 불러일으키는 시발점이었다. 6·25전쟁이 나서 인민군이 마을로 들어오자 어머니들은 자식들이 이장 때문에 끌려가게 되었다고 생각하고 그의 집으로 몰려가 마을 청년들과 함께 붙잡아 인민재판에 회부한 후 뭇매를 가해 살해하기도 하는 일이 전국 각지에서 자행되었다.

경찰은 아버지를 A급으로 분류해 처형했지만 마을 사람들은 아버지가 좌익이었던 당숙의 심부름을 여러 차례 했을 뿐 가담하여 활동한 적이 없다는 것을 알아 우리 가족은 그나마 마을에서 쫓겨나지는 않았다.

어떤 마을에서는 부역자 가족들을 마을로부터 추방하기도 했다. 부역자 가족의 처리 문제는 마을로서는 매우 골치 아픈 일이었을 것이다. 그래서 이 문제를 해결하는 방법으로 추방을 선택했다. 그런데 추방당한 이들 가운데 조상들의 뼈가 묻어있는 마을로 돌아오려는 이들도 많았다고 한다. 하지만 마을에서는 이들을 절대 받아주지 않았다. 마을 주민들의 강경한 태도는 오랫동안 접근금지령이 계속되고 있는 마을도 많았다. 그래도 차마 고향이 그리워 찾는 이는 밤 몰래 다녀갈 수밖에 없었다.

마을에서 덕을 베풀거나 하층민을 함부로 하대하지 않은 지주나 좌익인사들은 전쟁 통에 많이 살아남았다. 그러나 악덕지주나 권력을 갖고 주민들을 착취하던 인물들은 하층민들로부터 보복을 당했다. 이 사적인 가해는 다시 세상이 바뀌면서 역보복을 당해 이런 마을은 피비린내가 진동하는 지옥으로 바뀌었다.

6. 할머니의 가슴 속에서 살아난 아버지

나의 출생은 할머니에게 커다란 기쁨이었다. 비록 제대로 먹지 못해 못난이 모습으로 이 세상에 나왔지만 할머니에게만은 나는 무척 잘생긴 손자였다. 자랑스런 존재였다.

아버지의 죽음은 어머니보다 할머니에게 더 큰 고통이었다. 깊고 검은 밤, 잠결에 듣는 할머니의 숨죽여 우는 서러운 울음소리는 대한민국의 좌우 이념으로 희생된 어머니들의 울음이었다.

아들을 잃은 어머니, 남편을 잃은 아내, 오빠를 잃은 여동생, 약혼자를 잃은 약혼녀, 동생을 잃은 누나의 한 맺힌 울음이었다.

내가 여섯 살이 되던 6·25 전의 해였다.

마루에 앉아 계시던 할머니의 오른손에 담배가 들려있었다.

"할머니, 담배 왜 피우세요?"

어린 나이에도 담배를 피우시는 할머니의 모습을 보자 호기심에 물었다.

"네 아빠가 그리워서 피운단다."

할머니가 말했다. 눈은 촉촉이 젖어있었다.

"나도 담배를 피면 아버지가 떠오를까요?"

나는 아버지의 모습이 잘 기억나지 않는다. 내가 마지막으로 기억이 나는 것은 아버지를 어떤 사람들이 끌고 갔으며 할머니와 어머니가 아버지와 그들에게 매달리며 울고불고 하던 모습만 생생하다.

죽음이 무엇인지 잘 인지하지 못한 나이였던지라 할머니의 모습을 보며 아버지의 부재를 느끼고 있었다.

할머니가 피우는 담배연기 끝을 따라가 보면 아버지의 얼굴을 볼 수 있을까 하는 생각에 담배연기를 쫓아 시선을 고정시켰지만 아버지의 모습은 내게 한 번도 보이지 않았다. 그러나 할머니에게는 아버지의 모습이 생생한 것 같았다.

아버지는 다시 할머니의 가슴 속에 태어났다. 할머니와 아버지는 다른 가족이 들리지 않는 언어로 대화를 나눈다. 할머니가 담배를 피우고 있을 때 아버지는 할머니에게 말을 거는 것 같았다.

두 분이서 대화를 할 때면 대나무 숲의 웅성거림은 한층 높았다. 대나무의 속살거림이 강할 때는 할머니의 아버지에 대한 그리움은 더 심했다. 연달아 담배를 이어 피실 때는 눈물이 얼굴 가득 흐르곤 했다.

담배는 그렇게 아버지의 죽음과 함께 할머니에게로 왔다.

어느 날, 호롱불 아래 붕붕 물레질 소리에 눈을 떴다. 하루 종일 밭일을 하고 고단도 하실 텐데 할머니는 야심한 한밤중까지 물레를 돌리고 길쌈을 하신다. 할머니의 허리는 항상 일하느라 굽어 있었다. 한 시간도 가만있지 않는다. 어릴 때는 몰랐는데 할머니가 아버지 돌아가신 후로는 말씀도 없으시고 오로지 일만 했다는 것을 깨달았다. 행여 가만히 있으면 그리운 아들 생각이 날까봐 그러셨을까?

할아버지는 고경명 10대손이다. 부유한 집안의 4형제 중 둘째인 고귀상이다. 16세인 할머니 김작동과 결혼했다.

얼마의 전답을 상속받아 분가를 했지만 할아버지는 성실하지 못했다. 노름꾼의 뒷돈을 대주시느라 그 전답을 다 팔아먹고 소작농을 했다. 할머니는 그런 할아버지를 구박했지만 할아버지는 지은 죄가 있어서인지 할머니의 구박을 다 받아냈다.

할머니와 어머니가 일터에서 일을 하면 할아버지는 집을 본다. 아니면 나무를 하는 일이 고작이었다.

할아버지는 우리 가족에게 별 도움이 되지 못했다. 그러나 할아버지도 아버지의 죽음 앞에서는 몹시도 슬퍼하셨다. 할아버지의 무능이 아버지의 죽음 이후로 더 심해졌다.

그런 할아버지에 대한 서운한 마음이 있는 할머니는 그 대신 나에 대한 애착이 많았다.

할머니 손에서 크다시피 한 나는 연약하고 볼품없이 태어났지만 한 사람의 사람으로써 구실을 할 수 있었던 것은 할머니의 정성이었다.

"어멈아, 쌀 반 되만 준비하거라."

"네. 어머님. 재언이 생일이 내일이군요."

어머니는 할머니가 쌀을 준비하라는 말을 얼른 알아듣는다. 내 생일은 할머니에겐 큰일이다. 할아버지의 생신에 내 생일만큼 정성을 들이지 않지만 내 생일은 천지신명조차도 알게 된다.

할머니는 저녁이 되어 울목소반에 호롱불을 켜고 준비한 떡을 시루 째 앞에 놓고 천지신명 앞에 섰다.

"천지신명이시여! 장흥 고씨 고경명의 12대 손 우리 재언이를 건강하게 자라게 해주시옵소서. 아무 탈 없이 커서 이 집안의 대들보가 되도록 지켜 주시옵소서."

할머니는 달이 기울고 호롱불이 거의 다 타도록 나를 위해서 날이 샐 때까지 빌고 또 빌었다. 밤이 깊어 방으로 들어온 할머니는 내가 자다가 깨보면 그때마다 빌고 있었다.

할머니의 애절한 기도 덕분일까 나는 지금까지 잘 살고 있다.

문득 생일이 돌아오면 항상 할머니가 생각난다.

"할머니, 힘드시니 쉬면서 일하세요."

중학교에 입학하기 전의 일이다. 거의 하루를 쉬지 않고 한 달 째 물레질을 하시는 할머니가 걱정이 되어 말했다.

"할미가 우리 재언이 중학교에 들어가는 기념으로 선물을 사 주려고."

나는 선물이라는 말에 할머니의 고생하시는 것을 걱정하다가 반가움에 물었다.

"입학하는 날 줄 테니 궁금해도 그때까지 참거라."

할머니는 밤이나 낮이나 물레질을 했다. 혹시 물레와 할머니가 합체를 하지 않았는지 의심이 갈 정도로 할머니와 물레가 따로 떨어져 있는 것을 보지 못했다.

드디어 입학식 전날, 세레지오 중학교에 다니기 위해 동상굴 아짐 집으로 가기 전날 밤이었다. 이 날은 할머니와 물레가 분리되어 있었다.

저녁을 먹고 할머니는 검은 통 하나를 내게 내밀었다.

"중학교 입학 선물이다. 열심히 공부해야 한다."

할머니는 젖은 목소리로 말했다. 어머니의 손길보다 할머니의 손길에 더 익숙한 나로서는 할머니와 떨어져 지내는 서운함이 있었으나 중학교에 들어간다는 설렘이 더 컸다.

"할머니, 이거 시계 아니어요?"

그 당시 시계를 가지고 있다는 것은 대단한 일이었다. 웬만한 부잣집에서도 갖기 힘든 물건이다. 할머니는 한 달 동안 물레질을 하여 내 시계를 마련하신 것이다.

"우리 장손은 어디 가든 기죽지 말고 당당해야 한다. 내 새끼 쉬는 날은 꼭 집에 와야 한다. 이 할미가 우리 새끼 보내고 허전해서 어쩐다냐?"

할머니는 나를 보내기가 아쉬운지 꼭 껴안으셨다.

나에 대한 할머니의 각별한 사랑으로 나는 학업을 시작했다.

제5장

안심리 하반동 동복 고모가
원시생활

· 전 마을이 불타 방 구둘 위에 원뿔형
초가에서 아궁에 불 때며 생활

· 마을 전체가 불탄 집터 아궁이 제에서
싱싱한 쑥이 키로 자라다

· 어머니는 싱싱한 쑥 캐러 80리 길 하반
동에 산 넘고 고개 넘어 자주 머리에 산더
미 같이 이고 오신다.

· 80리 산 너머 고개 너머 어린 조카의
방문에 고모는 짚단 세 개를 머리에 이고
화순장에 팔러가다.

· 영광 작은 고모부의 희생
· 고모부는 시신을 찾지 못했다.
· 고모는 해변에 고모부 시체를 찾으려
가면 많은 시체에서 참게가 가득 들었다
가 많이 나와 징그럽다고 하였음.

1. 화순고모, 영광고모

1950년 6 · 25가 나기 전 나는 국민학교에 입학을 했다. 학교가 불타 향교에서 공부를 했다. 제대로 먹지 못해 죽음을 무릅쓰고 나를 낳은 어머니의 기도와 정성 덕분으로 내 친구들은 아무도 학교에 가지 않는데 나만 유일하게 학교에 입학을 했다.

나는 내 나이 또래보다 두 살이나 더 어리게 보이는 발육을 보였다. 이마에는 주름이 많고 깊이 패어서 싫을 정도였다. 오줌을 하도 많이 싸서 챙이를 쓰고 소금을 받으러 다니는 날이 많았다. 어머니는 그런 나에게 밑이 벌어진 고쟁이 옷을 입히셨다.

그런 내가 국민학교에 입학을 하고 나니 조금 어엿해지려 했으나 워낙 체력이 약해 간신히 학교를 다녔다.

학교를 다닌 몇 개월이 지나자 6 · 25가 터졌다.

아버지의 부재로 인해 우리 가족은 더욱 궁핍해진 데다가 전쟁이 나니 궁핍함은 이루 말할 수 없었다. 결국 아버지의 얼굴도 모르고 태어난 여동생은 6개월 만에 영양실조로 죽고 말았다. 여동생의 죽음에도 어머니는 전쟁으로 인해 슬퍼할 수도 없었다.

바로 내 밑의 동생도 제대로 먹지 못해 연약했다. 그 동생도 5살 때 죽고 말았다.

우리 가족은 피난을 갈 수가 없었다. 그냥 마을에 머물러 인민군이 오면 인민군의 지배를 받아야 했고 인민군이 물러난 후에는 군인의 지배에 들어갔다.

우리 가족은 아버지의 좌익이라는 굴레 때문에 인민군이 들어와도 절대 인민군과 친하게 지낼 수 없었다.

애써 지은 곡식을 빼앗기지 않기 위해 곡식을 숨기지 않으면 안 되었다.

제주 4·3사건, 여순사건은 계속 연장선상에 있었다. 좌우익의 고자질에 의한 살육은 전국이 마찬가지였다. 연일 총성으로 바람 잘 날이 없었다. 아버지가 1차로 총살을 당하고 보도연맹원은 인민군이 들어오기 전에 2, 3차로 나누어 조금만 사상이 의심되거나 얄보인 사람은 경찰의 손에 의해 총살을 당했다.

우리 마을은 고씨 집장촌이라 보도연맹, 부역 등으로 총살당하는 사람이 타 지역보다 적었다.

용소가 자리한 가마골은 가장 치열하고 처참했다. 그해 가을 국군의 반격으로 후퇴하던 전남·북 주둔 빨치산들이 이곳에 집결하여 노령지구 사령부를 세우고 약 5년 동안 유격전을 펼쳤다.

우리 마을은 군인이 올 때나 인민군이 다녀가도 친척들이 많아서 고발하지 않아 다른 마을에 비해 피해자가 별로 없었다. 아버지와 세 분만이 억울하게 죽음을 당했다.

후에 당숙은 빨치산이 되어 입산하여 1년 후에 자수를 했다. 당숙의 매제였던 김형대 검사의 도움으로 풀려나 살아났다.

전쟁이 나고 다음해 칠십 리 길 너머에 살던 첫째 화순고모가 우리 마을로 피난을 왔다.

화순은 지리적으로 산악이 많아 지리산으로 도피하는 골목인 된 화학산, 천운산, 모호산, 백악산으로 연결되어 있어서 유격대가 자주 쳐들어왔다. 양민학살과 방화사건 등 재산의 피해가 그 어느 지역보다도 컸다.

군인이 들어와 인민군이 후퇴한 뒤 미처 빠져나가지 못한 인민군을 기습하기 위해 군청, 경찰서, 우체국, 등기소, 면사무소가 소각 당했다. 뿐만 아니라 무등산과 관내 산속에 은거하면서 마을을 습격하여 주민을 살상하고 식량을 강탈해 가자 한국청년단과 경찰이 수만리 주민을 대피시키고 마을을 완전히 소각시켰다. 동구리, 삼천리 3구, 다지리 2구도 주민을 대피시키고 마을을 소각하였다. 너릿재 계곡과 교리 도축장, 동구리 저수지에서도 인민군에 의해 양민이 학살당했다. 큰 고모의 마을도 완전히 전소되어 우리 집으로 피난을 온 것이다.

고모는 10명의 가족과 함께 왔다. 고모의 큰 아들은 인민군에게 죽임을 당했다. 인민군이 왔다 간 마을은 군인이 묻지도 않고 젊은이들을 죽이고, 군인이 왔다간 마을은 인민군이 들어와서 죽여 남자들은 거의 학살을 당해 초상을 당하지 않는 집이 없을 정도였다.

가족이 늘어나자 배고픔은 더했다. 너릿재 고개의 큰 고모마을은 잿더미 위에서 쑥만 무성하게 자라 있었다. 사람들은 굶주림으로 산이나 들의 먹을 수 있는 것은 눈에 보이면 다 뜯어다 죽을 쑤어 먹었다, 우리 가족은 무성하게 자란 쑥을 베어와 죽을 쑤어 먹었다.

큰 고모네 마을 사람들은 한 집씩 다시 돌아와 불탄 집 위에 임시방편으로 초가 원시의 원추집을 짓고 살았다. 그나마 고모네가 잘 살아서 원추집을 지을 수 있었지만 다른 사람들은 자연인처럼 밤에 이슬을 맞아야만 했다.

청년들은 현역에 동원되고 장년층은 청년단에 가입해 지서나 면사무소 경비에 동원되었다.

그나마 우리 마을은 희생자가 적고 다른 마을에 비해 평화스러웠다. 그러나 우리 마을에도 피난민이 몰려와 마을 사람들은 긴장하지 않으면 안 되었다. 피난민들은 음식이나 곡식을 훔쳐 갔다. 인민군이 쳐들어와 훔쳐가고 남은 것이라도 잘 감추어 두지 않으면 안 되었다. 피난민이 아무리 배고프다고 애걸해도 비상식량을 나누어 줄 수 없을 정도로 인심이 각박해졌다.

배고프다고 우는 어린 아이들의 울음소리는 그치지 않았고 사람들의 눈은 서로를 믿지 못했다. 인민군이 오면 군인에게 조금이라도 친절하게 한 사람을 고발하여 죽게 하고 군인이 오면 인민군에게 친절했던 사람을 고발하여 죽게 만들었다. 평소에 조금이라도 감정이 좋지 않은 사람은 고발해 버리면 그만이었다. 그러나 인민군에게 돈을 강탈당하지는 않았다.

그 당시에는 인민군이 군인보다 친절하다거나 인간적이었다는 말을 할 수는 없지만 지금은 인민군에 대한 평가가 달라져 있다.

화순 큰고모가 집을 잃고 우리 집으로 피난을 와 살다가 가던 그 해에도 영암 둘째 고모네 마을에서는 끔찍한 학살이 벌어지고 있었다.

다른 지역보다 영광의 피해는 상당히 컸다.

전쟁 전, 여순반란 사건이 진압되자 반란군에 가담했던 인민군인들이 갈 곳이 없자 각 부락으로 잠적해서 빨치산이 되었다. 그들은 밤이면 습격을 하는 밤 손님이었다. 그들은 주로 군경 가족과 유지들을 학살하였다

9·28 수복이 되자 영광에 있던 인민군은 미군과 국군이 오면 우익들이 보복을 할 수 있으니 무자비하게 학살을 하라는 방송을 했다. 우익청년들은 유엔군이 온다는 소리에 환영대회를 열었다. 빨치산 앞잡이들이 다 고해바치는 바람에 대대적인 학살이 일어났다.

인민군들이 부락마다 조직해 놓은 생산유격대는 후방에서 군인의 역할을 했다. 빨치산은 무기가 있었지만 생산유격대는 대창을 들고 다녔다.

국군들이 영광읍내에 진주한 1950년 10월 30일경에는 영광읍 전체가 폐허가 되다시피 하였다. 빨치산들을 토벌하기 위해서 11사단을 조직하여 토벌작전을 펼쳤다. 국군은 무고한 사람을 연행하여 밑도 끝도 없이 빨치산 혹은 부역자로 몰아 법적 절차도 밟지 않고 즉결 총살을 자행했다. 연행되면 그 뒤에 다시는 볼 수가 없었고, 성폭력에 저항하다 살해된 여성, 양민들은 국군의 화풀이 대상이었다. 유족들은 국군에 의해 살해되었다고 말할 수 없었다.

사망자 수만 하더라도 군민 13만 중 3만여 명을 헤아렸는데,

그 중에서도 염산면 일대는 1만여 면민 중 목숨을 잃은 자만 5,000여 명이 넘었으니 그 당시 영광군 일대의 상황이 얼마나 처참하였는지 모른다. 어린이들만 해도 2,500여 명에 달한 것을 보면 가족이 한꺼번에 몰살당한 집들이 많았다.

이때 영광 고모부도 죽임을 당해 시신을 찾지 못했다. 몸에 돌멩이를 매달아 해변에 던져 시신을 찾지 못했던 것이다

영광 고모부의 죽음은 김일성과 같은 성씨였기 때문이라고 하는 말도 있다. 고모부의 시신은 아직도 찾지 못했다.

남자 인구의 반은 이때 학살당한 것으로 추정되어 그 어느 지역보다 피해가 컸다.

제6장

고서 국민 학교 불타다

· 1학년: 교촌 향교 명륜당에서 공부 하다(칠판 여부 기억 없음)

· 2학년: 불탄 학교 마당에서 15명 정도 친구들 원등 박광자, 고읍리 봉황동, 이영자와 함께 주춧돌에서 공부하다.

나는 좋지 못한 주춧돌을 차지하다.

· 3~4학년: 초가 교실에서 같은 마을 종씨 형님인 교촌 고재근 선생님으로부터 공부하다.

· 5, 6학년: 2칸의 신축 교실에서 공부하다.

고서국민학교 1회로 아버님과 동창인 박영종 선생님에게서 공부하다.

· 국민학교 졸업시 목포 유달산 수학여행을 돈이 없어 못가다.

제6-1장

竹馬故友

· 한마을 사는 고재철, 고광윤, 고광두, 김병석, 고광귀, 고우석, 고재언 7명이 같은 학년으로 국민학교를 졸업하다.

· 키다리 고재철 형, 똥볼차기 고광윤 아제, 약방 고광두 아제, 똑똑이 김병석 형은 3살 위이고 마라톤왕 고광귀, 명석이 고우석, 이마 깊은 주름 못난이 고재언은 동갑이나 재언이 제일 적어 맨 끝에 줄서서 가며 등교했음.

· 성산 지나 등교 길을 어께이 책보 매고 손가락으로 나락을 훑으며 학교에 다니다.

1. 주춧돌 위의 교과서

전쟁으로 인한 상처는 학교도 마찬가지였다. 불에 탄 학교이지만 배움은 계속해야 했다. 전쟁이 나던 50년에는 학교를 다니지 못하다가 51년에 다시 학교를 나가게 되었다.

교촌 향교 명륜당은 우리의 임시학교가 되었다. 교촌 마을에서도 대나무 숲이 우거져 등교길이 매우 무서운 향교였다. 본래 향교는 지방의 인재를 가르치는 동시에 옛 성현의 위패를 봉안하며 제사를 지내는 곳이다. 우리가 그곳에서 공부를 할 때는 교육기관으로서의 기능은 상실해 있었다.

2학년 때 까지는 학교가 지어질 때까지 불탄 폐허 속에서 주춧돌을 놓고 공부를 해야만 했다. 다른 학생들은 반듯하고 좋은 주춧돌 위에서 공부를 하였으나 내 주춧돌은 나만큼이나 못나 울퉁불퉁하고 거칠었다. 내 이마에 난 깊은 주름처럼 여기저기 패이기도 했다. 거친 주춧돌 위에 교과서를 놓고 몽당연필로 학문을 배우면서도 즐거웠다. 내 학문의 기초는 주춧돌 위에서 시작이 되었다.

전쟁과 폐허의 와중에서도 몇 안 되는 학생이지만 선생님들은 열정을 다하여 가르치셨다. 한 학년이 겨우 15명 정도 밖에 되지 않았다. 원등 박광자, 고읍리 봉황동 이영자와 함께 주춧돌을 나란히 놓고 공부를 했다.

3, 4학년 담임은 한 마을 종씨인 고재근 선생님이셨다

나는 공부를 잘하지는 못하였지만 어머니의 배움에 대한 열

정이 강해서 어머니의 손에 이끌려가다시피 하며 공부를 했다. 내가 공부를 하기 싫어하면 어머니는 나를 다독이시며 공부를 해야 아버지처럼 된다고 말해주었다. 나는 그 말에 힘을 얻었다.

드디어 3학년 때가 되자 초가로 된 두 칸짜리 교실이 지어졌다. 초가라도 실내에서 공부할 수 있는 아담하고 예쁜 교실이었다.

국민학교 3학년은 내게 있어 참 부끄러운 일이 있었다.

52년은 전쟁의 폐허가 되어도 학교를 다니고 있어 가을 운동회도 열렸다.

만국기가 펄럭이는 작은 교정에는 단출한 학부형들과 적은 수의 학생들의 운동회가 시작되었다.

나는 국민학교를 다닐 때까지도 늘 약했다. 비실비실 거리면서도 학교가 좋은 아이였다. 여러 가지 게임을 하고 개인 달리기 대회를 했다. 나는 비록 약한 몸이지만 있는 힘껏 달렸다. 꼴찌를 한다 해도 달릴 수 있는 것은 고마운 일이었다. 어느 만큼 달리고 있는데 갑자기 항문에서 무언가 터져 나오고 있었다. 힘을 주어 달려서인지 항문의 힘이 약해서인지 그만 똥을 싸고 말았다. 어린 나는 그만 그 자리에서 울고 말았다. 나를 눈으로 쫓고 계시던 어머니가 달려왔다. 나를 안으시고는 변소로 달려갔다. 어머니는 나를 다독이시며 괜찮다고 하시며 냄새나는 나를 씻겨주었다. 그 뒤로 나는 형들과 친구들로부터 똥쟁이라고 놀림을 받았다. 이때를 생각하면 얼굴이 빨개졌지만

늙어서는 그것도 내 소중한 삶이어서인지 빙그레 미소가 지어
진다. 그 연약함에도 살아남고 한 사람으로서 살고 있다는 것
이 좋다.

5, 6학년 담임선생님은 아버지와 고서국민학교 1회를 졸업
한 박영종 선생님이었다. 어머니는 선생님께 찾아가 나의 작부
금을 면제해달라고 부탁을 했다. 선생님은 아버지를 생각해 내
작부금을 면제해 주었다. 나는 선생님을 바라볼 때마다 아버지
가 생각났다.

"아버지가 보고 싶구나?"

하루는 선생님을 바라보고 서있는데 내게 다가오셨다. 나는
대답대신 고개를 끄덕였다. 선생님은 작고 여린 내 어깨에 손
을 얹으시며

"아버지처럼 열심히 공부해야 한다. 네 아버지는 참 똑똑하
시고 가르치는 걸 좋아하셨지? 나도 네 아버지가 보고 싶구나."

부드러운 선생님의 말에 나는 그만 눈물이 핑돌았다. 화장실
에서 나오자마자 친구가 데려온 경찰의 손에 끌려가시던 아버
지의 모습이 생각났다.

그 뒤로도 선생님은 나를 보면 항상 머리를 쓰다듬어주시며
웃어주셨다. 나는 아버지가 생각날 때면 선생님을 찾아가곤 했
다.

5학년이 되자 학생 수가 10여 명으로 늘어났다. 3살 많은 형
들이 편입하여 들어왔다. 나는 7살에 들어간 학교라 가장 어리
었다. 나는 형들의 뒤를 따라다녔다. 주름이 많아 항상 부끄러

움이 많던 나는 늘 혼자 있을 때가 많았다. 그러다 내게 공부에 자신감을 갖게 되는 일이 있었다.

4학년 샘본 시간이었다.

"이 문제 풀어볼 사람?"

분수 문제를 칠판에 쓰신 선생님은 우리를 바라보았다. 주위를 들러보니 아무도 손을 드는 학생이 없었다. 형들도 그 문제를 보면서 눈만 껌벅껌벅 하고 있었다. 문제를 들여다보니 나는 풀 수 있을 것만 같았다. 나는 번쩍 손을 들었다.

"고재언, 나와서 풀어보렴."

나는 당당히 걸어 나왔다. 형들이 풀지 못하는 문제를 푼다면 하고 생각하니 기분이 좋았다. 나는 분필을 들고 분수 문제를 척척 풀어나갔다. 그날따라 문제가 잘 풀려나갔다. 문제를 풀고 내 자리로 돌아와 앉으니

"이 어려운 문제를 잘 풀었구나."

하고 선생님께서 칭찬하자 어깨가 으쓱했다. 선생님의 칭찬을 받으니 공부를 열심히 하고 싶은 욕심이 생겼다. 선생님의 칭찬은 내가 국민학교를 졸업할 때까지 열심히 공부하고 수학 과목을 자신 있게 해주었다.

그때 같이 다닌 친구들은 키다리 고재철, 통볼찬 아제인 고광윤, 아제인 약방 고광도, 껄렁이 김병석 형은 세 살 위였다. 똑똑이 고우석, 마라톤 선수 고광귀, 못난이 고재언은 늘 같이 다녔다. 그들이 앞장을 서고 나는 뒤따르며 줄을 서서 논둑길을 걸었다. 논둑길을 걸을라치면 메뚜기는 놀라 펄쩍 뛰어 오

르고 사마귀들도 어실렁어실렁 기어가곤 했다. 벼가 자랄 때쯤 이면 손으로 벼를 훑으며 친구들 뒤를 따라 가곤 했다.

졸업반이 되어 목포 유달산으로 수학여행을 가고자 했으나 가지 못했다. 나만 가지 못하는 것이 아니라서 덜 서운하기는 하지만, 국민학교 때의 수학여행은 남다르다는 말을 들을 땐 여간 서운한 것이 아니다.

그렇지만 어머니의 목숨 값과 맞바꿀 만큼 힘겹게 태어난 내가 국민학교를 무사히 마칠 수 있는 것은 나의 어머니의 덕분이 었다.

아버지가 없는 자리를 메꾸려는 어머니는 유달리 내게 공부를 해야 한다고 강조했다.

사씨남정기, 구운몽을 읽고 쓸 정도의 어머니는 공부의 중요성을 잘 아셨던 것이다.

제7장

어머니의 학구열에 의해 광주 큰이모 이종형 덕에 보기올로 광주 사레지오 중학교 1회로 입학

· 금남로 중앙 교회 건너편
· 광주 전시장 노인환 댁 이종형 노진환 덕에
· 12대문 1,000평 대지에 4가구 거주
· 문간채 산파 할머니 거주

1. 어머니의 학구열에 의해

수학 분수 문제를 잘 풀었다고 칭찬을 받은 후, 나는 정말 열심히 공부했다.

몸도 왜소하고 얼굴엔 주름이 있는 것이 내겐 열등감을 주었지만 그 일이 있은 후로 자신감이 많이 생겼다.

나는 사레지오 중학교를 가기 위해 입학시험을 쳤지만 그만 떨어지고 말았다. 어머니가 잔소리처럼 하던 '남자는 공부를 해야 한다'는 말을 늘 가슴에 새기고 있던 나는 실망이 컸다. 어린 마음에도 열심히 공부하여 아버지의 억울한 죽음을 밝혀내주고 싶은 마음도 간절했었는데⋯⋯.

잔뜩 실망한 마음을 안고 코를 빠뜨리고 있는데 어머니가 나를 부르셨다.

"재언아, 광주 진환 형에게 사레지오 중학교에 들어갈 수 있는지 알아보고 있는 중이니 너무 낙담 말거라. 너를 어떻게든 중학교에 들어갈 수 있도록 하마. 절대 학업을 중단해서는 안된다. 할머니와 어머니는 네가 공부를 잘해서 잘되는 것이 소망이다. 꼭 배워야 한다. 배우는 길이 출세도 하고 잘 살 수 있단다."

이종사촌 노진환 형은 광주 큰 이모의 아들이다. 형은 광주 서중학교 교사였는데 친구인 사레지오 중학교 역사 선생에게 나의 보기올 입학을 부탁하였다. 그나마 이종사촌형을 통해서 중학교를 갈 수 있다는 말에 조금 위안을 받기는 했지만 어린 마음은 여전히 학교에 못갈까 봐 불안했다.

광주 이모의 집은 광주 금남로 시내 중심가에 있는데 도로 중앙에 큰 은행나무가 있는 중앙교회 건너편에 있었다. 열 두 대문이 있는 궁궐처럼 아주 큰 집에서 살았다. 놀러 가면 두부 장수, 찹쌀 떡 장수들의 외치는 소리가 들린다.

어머니의 말씀에 희망을 가지고 광주 이종형에게서의 연락을 기다렸다. 눈이 소북히 내리고 대나무 숲의 속살거림도 내게는 들리지 않았다. 언제나 소식이 올까 내 작은 가슴은 애가 타서 입이 바짝바짝 말랐다. 주춧돌 위에서 교과서를 놓고 공부하던 시절도 이겨내고 인민군과 군인이 들락거릴 때의 공포도 다 이겨낸 것처럼 중학교도 들어갈 수 있을 거란 생각으로 온통 내 머리는 가득 찼다.

내 조급한 마음을 알아서인지 어머니는 광주 이모네 집에 갔다. 나는 어머니가 집을 나서는 순간부터 어머니를 기다렸다. 몇 차례 마을 입구에 나가보기도 하고 방문을 열었다 닫았다 초조감을 감추지 못했다.

해질 무렵, 어머니가 그림자의 긴 꼬리를 물고 돌아오셨다. 나는 어머니가 마루에 올라서기가 무섭게 어머니의 얼굴을 살폈다. 어머니는 내 애타는 얼굴을 보시더니 기쁘게 말씀하셨다.

"재언아, 됐다 됐어. 너 학교에 들어갈 수 있단다."

어머니와 나는 방으로 들어와 자리에 앉았다.

"어머니, 정말이어요?"

나는 소리쳐 물었다.

"그렇고 말고."

"에미야, 정말이냐?"

어느새 할머니가 들어오시더니 반가운 목소리로 말했다.

"우리 장손이 중학교에 들어가다니 기쁘구나!"

할머니는 눈물을 치마 앞자락으로 훔쳤다.

나는 아무 말도 못하고 곁으로 다가가 살짝 할머니를 안았다. 나를 옆에 뉘우시고 밤낮으로 진자리 마른자리를 갈아 주시던 할머니의 거친 손을 잡았다.

나는 아무 말도 하지 못했으나 할머니에 대한 고마운 마음이 가슴 가득 일렁였다.

나는 할머니가 밤새워서 물레질을 하며 번 돈으로 선물해준 시계를 차고 중학생으로서의 출발을 힘차게 했다.

어머니는 광주로 유학 간 나를 먼 친척 동산굴 아짐의 집에서 다닐 수 있도록 해주었다. 동산굴 아짐 집에서 재표형과 재린이와 함께 지내다가 계림동에서 재석이 형이랑 금석이와 함께 자취를 했다. 월산동 육군상사 취사반장 박인생 아저씨 댁에서 사돈네 할머니의 요구로 화투를 치며 6㎞ 거리를 통학하며 중학교를 마쳤다.

나는 광주에서 중학교를 무사하게 다녔지만 졸업 전에 서울로 올라왔다. 그러다 보니 졸업앨범이 없는 것이 못내 아쉽다.

서울로 올라온 나는 다방에 취직을 했다. 명동성당 앞에 있는 성탑다방에서 뽀이 일을 했다. 학비를 벌어 야간고등학교에 진학하고 싶은 마음에 궂은일을 마다하지 않고 했으나 객지에서 사는 것이 수월하지는 않았다.

그 시절 다방은 아지트 역할을 했다. 나의 눈에 보이는 다방은 허구헌날 들락거리는 단골손님이 대부분이었다. 차 한 잔을 앞에 두고 진지한 토론을 하는 어른들의 모습을 종종 보게 된다. 진지한 토론이 펼쳐질 때면 남녀노소가 따로 없이 무궁한 화제를 가지고 얼굴을 붉히고 목소리를 높인다. 그러다 새로운 사람이 오면 새로운 이야기, 새로운 토론으로 시작한다.

다방은 우리나라 사람들의 사교장이었으며 소통의 장소였다. 긴장을 풀 수 있는 장소이기도 했다. 친구들끼리 대화를 나누고, 신문이나 잡지를 읽으며 음악을 듣거나 미술품을 감상하기도 했다.

다방의 단골손님은 주로 사업가, 대학교수, 예술가, 대학생 등 주로 사회에 영향력이 있는 고학력자들이었다.

다방 안으로 들어서면 부드러운 조명과 안락한 의자, 창문에 드리운 커튼은 푸근하고 친근한 분위기였다.

내 눈에 보인 다방의 모습 속에서 손님들이 나누는 이야기를 엉겁결에 들으면 나도 공부를 더 해야겠다는 무언의 생각을 하곤 했다.

그러나 가난은 야간고등학교 진학의 꿈을 좌절시켰다. 이 다방 저 다방 보이로 전전하는 내 신세가 부평초 같았다. 다방 안의 여유 있게 앉아 있는 사람들의 모습과 내 모습을 바라보니 한없이 초라했다.

학교를 더 다니고 싶은 마음과 학교를 갈 수 없는 현재 내 모습이 서로 교차하여 보따리를 싸들고 무작정 다방을 나오고 말았다. 막상 나오니 갈 곳이 없었다. 남산에 올라 먼 곳을 바라보며 한없이 슬픔에 젖어 있는데 경찰은 내가 엉뚱한 생각을 하고 있는 모양인 줄 아는지 나를 연행했다.

"학생, 왜 위험지역에 있었나?"

순경이 물었다.

"생각을 하기 위해서 올라갔을 뿐입니다."

나는 죄도 없는 나를 붙잡아 온 순경에게 퉁명스럽게 말했다.

"집 주소와 연락처 대!"

순경은 나에게 명령조로 말했다.

나는 가까운 친척 연락처를 알려주었다. 잠시 후 친척을 따라 파출소를 나왔다.

나는 시골집으로 내려와 어머니를 도와 농사일을 했다.

2. 숙부 댁에서 부산 동아대학교 입학

낙향 후 어머니를 도와 농사를 짓고 있던 내게 부산에 계신 숙부님이 당신의 집으로 내려오라 했다.

숙부님 고광필은 나의 아버지와 단둘밖에 없는 형제였다. 숙부님도 아버지처럼 똑똑하신 분이라 광주 종방에 다니며 광주 조선 대학교 야간부에서 학업을 하던 중 6 · 25 피난길에 인민군에게 끌려 전쟁터에 가다가 포로로 잡혔었다. 거제도에 있는 수용소에서 있다가 석방되어 고향으로 돌아와 아버지 대신 농사를 짓다가 서울 고광회 당숙 방수회사에 노가다 일을 하던 중 부산에 취직되어 내려와 있었다.

숙부님은 1년 전 결혼을 하였지만 신접살림을 못하고 있다가 그 무렵 신접살림을 차리셨다. 두 분이 오붓하게 살아야 함에도 조카를 불러들인 것이다. 어머니는 같이 농사를 짓다가 부산으로 내려가신 숙부님께 나를 부탁한 것 같았다. 할아버지, 할머니를 잘 보살필 터이니 재언이가 공부할 수 있게 해달라고 한 것이다.

부산 검찰청 사법보호에 취직하신 작은 아버지의 신혼 단칸방에 같이 더부살이를 하면서도 작은 어머니의 지극한 보살핌을 받았다.

내가 부산에 내려갈 때는 4 · 19 사건이 터져 부산이 어수선했다.

1960년 3월 15일 실시한 정 · 부통령 선거에서 많은 공무원들이 이승만과 이기붕의 당선을 위하여 동원되는 부정이 극에 달했다. 이때 경찰이 실질적인 선거본부가 되어 투표 총계를 조작하고 날조했다. 야당선거원들은 경찰의 탄압을 받으며 이승만을 지원하는 반공청년단의 폭력단원들의 시민의 선거를 감시하기 위해 나타났다.

경찰은 공개적으로 이승만을 지지했으며 이승만은 압도적으로 대통령에 당선되었다. 이기붕도 부통령으로 당선되었다.

민주당이 불법선거라고 주장을 하고 부정선거와 불법선거에 대한 반정부 시위가 전국 대도시에서 일어났다.

민심은 이승만의 자유당으로부터 떨어져나갔으며 도덕적 분개가 있었다. 특히 마산에서 시위에 가담했던 마산상업고등학교 학생 김주열의 눈에 최루탄이 박힌 채 바다 속에 버려지자 이에 격분한 학생들과 시민들이 거리로 들깨처럼 쏟아져 나왔다. 그러자 시위는 곧 사방으로 급격히 들풀처럼 일어났다.

이에 이승만은 상황의 급박함을 이해하지 못하고 마산에서의 시위를 '공산주의에 의하여 고무되고 조종된 것'이라는 담화를 발표했다. 이승만은 이런 사태의 비극에 책임이 있는 '무분별한 사람들의 죄는 간과할 수 없다'고 선언하면서 젊은 청년들을 폭동으로 유도, 선동하는 정치적 야심가와 공산주의자들의 선전활동에 경고했다. 이승만의 이런 담화는 학생들을 더욱 격노케 했다.

서울에서 시위를 하던 고려대학교 학생들이 경찰의 비호를 받는 반공청년단에게 습격을 받았다. 이에 4월 19일 3만 명의 대학생과 고등학생들이 거리로 쏟아져 나와 그 가운데 수천 명이 경무대로 몰려갔다. 경찰은 시위대를 향해 발포했고, 학생들의 시위는 폭동으로 변했다. 전국적으로 수천 명의 학생들이 가세를 했다.

이날 서울에서 130명이 죽고 1,000여 명 이상의 부상자가 속출했다. 계엄령이 선포되었다. 일반 시민들도 시위에 가담하였다. 결국 내각은 혁명적 사태에 책임을 지고 물러났다.

나는 그 사태를 바라보며 무언의 공포심을 느꼈다. 아버지가 경찰의 손에 이끌려가는 모습이 떠올리며 과격한 시위대의 모습에 적잖이 두려움을 가졌다. 나중에 왜 시위를 하게 되었는지 알았지만 그 당시에는 수많은 사람들이 외치는 소리가 가슴에 들어오지 않았다.

그 해 나는 늦은 학기인 5월에 영남 상고에 열여덟 살 나이로 편입학 했다. 작은 아버지가 살던 월세방 집주인이 영남상고 국어교사를 소개받아 야간부에 들어갔다.

나는 야간에는 공부를 하고 낮에는 부산일보 대신동 지국 유일상 지국장님, 허원 총무 밑에서 신문배달을 했다. 나는 변두리 산비탈 구역을 맡아 5, 6개월 신문을 배달했다. 신문 뭉치를 옆구리에 끼고 오르막길을 오르며 '신문이요' 하고 외치고 신문을 집집이 넣어줄 때마다 숨이 턱까지 차오르곤 했지만 꿈이 있어서인지 힘들지 않았다.

그 당시에는 누구나 가난하고 힘든 시절이라 살아가기 위해 무엇이든 해야 한다고 생각했다. 시골에 있는 어머니와 할머니를 생각하면 신문배달과 학업을 병행하느라 고달프기는 하였지만 중단할 수가 없었다. 어머니가 간절히 바라는 소망은 내가 공부를 하여 출세하는 것이었기에 그 갈망을 저버릴 수는 없었다. 지금도 곰곰이 생각해보면 어머니만큼 내가 공부하기를 나 또한 더 갈망하고 있었던 것이다.

비탈길을 오를 때마다 숨이 턱까지 차 잠시 쉬노라면 나는 할머니가 사주신 시계를 만지작거리곤 했다. 가만히 눈을 감고 그 시계의 차디찬 촉감이 느껴졌지만 가슴으로 할머니의 갈망도 함께 전해져 다시 숨을 몰아쉬며 힘차게 오르막길과 내리막길로 신문을 배달했다.

내 성실함을 지국장님이 알아주었는지 대신동 평지로 교체되어 신문배달하기가 수월했다. 힘든 길에 단련되어서인지 평지는 날아다니면서 신문을 날렸다. 내 손안에서 날려 보내는 신문은 구독자의 대문 앞에 정확히 떨어져 구독자의 손길을 기다렸다.

신문배달하며 야간부 영남상고를 1학년 4,5개월 다녀보니 대학에 갈려면 인문 고등학교에 가는 것이 낫다는 생각이 들었다. 그 학교를 그만 두고 동아고등학교에 편입하려고 몇 개월 알아보니 불가하였다. 몇 개월 후 산꼭대기 청구고등학교 야간에 편입하니 학생은 4,5명밖에 없고 교사진도 모자라 정상수업이 불가하여 3개월 다니다 자퇴하였다.

학교를 자퇴하기는 했으나 대학에 들어가야겠기에 부산 우면산 앞 대학 입시학원에 들어갔다. 수학과 영어 강의를 들으며 대학 입시 준비를 했다. 유능한 사회생활을 하려면 영어회화를 필요로 한다는 생각에 2개월 동안 영어회화 과외공부를 했다. 이렇게 악착같이 모은 돈은 2학년 1학기 고등학교 학비와 대학 1학년 등록금까지 충당할 수 있었다. 나는 그 돈을 바라보며 마음이 뿌듯하였다. 어린 주름이 가득한 얼굴로 못난이라는 열등의식은 다 사라지고 나는 열심히 살아가는 고등학생이었다. 대학에 가고 싶은 청운의 꿈을 안고 해동 고등학교 2학년 2학기에 주간에 편입하였다.

해동고등학교에 편입이 되지 않을 텐데 한 학생이 학교 뒷산에서 여학생을 살인하여 그 학교는 살인학교로 낙인찍혀 학생수가 부족하여 편입이 가능하였던 것이다.

해동고등학교 주간에 편입하여도 신문 배달을 계속 했다.

신문 배달이 오후 4, 5시에 시작하기에 오후 3시에는 학교가 있는 부산 영도에서 출발해 전철로 대신동 지국에 도착하여야 하므로 수업 중 나오면 김영일 선생님은 야간으로 옮기라고 닦달하였다. 그러나 나는 대학에 가려면 주간에서 교육을 받아야 한다고 우기며 주간 수업을 고집하였다.

3학년이 되어 대학에 가려고 신문배달을 중지하고 학업에만 충실하였다. 대학 1학년 학비까지 신문배달로 충당해 놓았으니 걱정하지 않고 공부에만 전념했다.

대학 자격고시를 보았는데 열심히 공부하였음에도 신문을 보니 대학 정원 150% 안에 들지 못했는지 내 이름이 없었다. 중학교 때 시험에 낙방한 것보다 더 큰 실망이 찾아왔다. 내 이름이 보이지 않자 그 자리를 어머니의 얼굴이 대신 들어앉았다. 시험에 떨어진 어린 내가 실망할까봐 고심하던 어머니의 얼굴이 신문위로 아른거려 실망만 하고 있을 수는 없었다.

당시 친척들의 회사에 들어가려면 건축과에 입학을 해야 하는데 연필로 작성한 건축도면을 작성할 자신이 없어 동아대학교 야간 기계과에 원서를 내 천만다행히 합격을 했다.

3. 기어이 학업을 마치리라. 한양대학교 공과대학 기계과를 졸업하다.

대학을 입학 하고 나니 시간이 많이 남았다. 고등학교 때 신문 배달을 하고 공부를 하느라 친구들과 제대로 어울려 다니지 못한 것이 아쉽기는 했지만 대학에 들어와서 전문적인 학문을 배울 수 있는 것이 무엇보다 기뻤다. 친구들과 많이 어울려 보고 사귀어보고 싶은 마음에 수업을 마치고 선후배들과 어울렸다.

하루는 영도 사창가 봉천동 숙부님 전셋집 주인 아들인 동아대학교 3학년 형에게 24점 접바둑을 두기도 했다.

나는 바둑을 잘 두지 못해 형이 이기면 얼마나 기고만장 하는지 학문을 하여 박사가 되어도 그렇게 하면 안 된다고 나는 형에게 핀잔을 주곤 했다. 아마도 나도 이겨보고 싶은 열망이 있었던 것 같다. 지금도 그 형이 바둑을 이겨 기쁨을 감추지 못하고 심하게 즐거워하던 모습을 떠올리면 나도 모르게 웃음짓곤 한다.

비록 내가 지는 바둑을 두었으나 나는 바둑을 두면서 공부한 것이 있다.

곤마가 생겼을 때는 타개가 쉽지 않아 보였을 때는 그 돌에 집착하기보다 바꿔치기를 도모하는 것이 현명하다는 것이다.

아마도 나는 고등학교 영남상고와 청구고등학교를 다니면서 그곳에 집착하지 않고 해동고등학교 옮겼던 것이 현명한 선택이 아니었나 하는 생각도 들었다.

또한 세력이 만들어지면 집으로 만들려고 하지 말고 세력을 공격에 이용해야 한다는 것이었다. 그러고 보면 내가 공부를 하려는 것도 세력을 키우는 것이며 인생을 살아가는데 있어서 유리한 공격인지도 모른다.

그것뿐만 아니라 바둑의 묘미는 내 편이 견실한 곳에서는 강하게 두고 내 편이 약한 곳에서는 싸움이 피하는 것이 현명한 것이라고 한다. 나는 나를 강하게 해야만 한다고 생각했다. 왜소하고 약했던 내가 대학이란 곳에서 얼마나 나를 강하게 할 수 있는지는 마음먹기에 달려있다는 것을 바둑을 통해서 배우기도 했다.

부산에 간지 3년여가 되자 숙부님은 서울로 직장을 옮기게 되었다. 나는 부산에 홀홀 단신으로 남게 되었다. 숙부님이 있어서 타지의 외로움이 적었는데 숙부님이 떠나자 아버지의 품에서 떨어져 나간 것처럼 어느 날은 외로움이 밀려왔다.

나는 기거할 곳을 찾아야 했다. 동양화와 붓글씨를 써서 표구하여 미군 부대에 돌아다니며 순회 전시를 하는 종호 집에 가정교사로 들어갔다. 숙식을 해결 할 수 있어 무엇보다 좋았다. 그러다 얼마 후 대신동 종호 사촌 누나를 가르쳤는데 신통하지 않았는지 3개월만에 쫓겨났다. 나는 적잖이 실망했다. 할 수 없이 다시 가정교사 자리를 알아보아야 했다.

나는 가정교사 구직광고를 신문에 냈다. 연락할 수 있는 전화번호는 자갈치 시장 근방의 다방 전화번호를 넣었다. 나는 광고를 하고는 하루 종일 다방에 죽치고 앉아 기다렸으나 오지 않았다. 내가 중학교를 졸업하기도 전에 서울에 올라가 몇 개월 다방 보이를 했던 경험을 살려 앉아서 다방 안을 감상하며 오고가는 사람들을 살폈다.

그 중에서 내 또래 남녀 학생들이 다정하게 앉아 데이트를 즐기는 모습은 자못 부러웠다. 그들의 다정하게 속삭이는 모습과 가끔은 서로의 오해로 인해 토라진 여학생의 모습을 훔쳐보는 것은 지루함을 달래주었다. 가끔 선을 보러 오는 젊은 남녀들의 수줍은 모습은 잠시나마 나를 즐겁게 했다.

며칠을 죽치고 앉았으나 전화는 오지 않았다.

내가 수소문하여 들어간 곳은 전라북도 고창의 진기명기가 고향인 해동고등학교 동기 졸업생인 신동필이 거주하는 자취방이었다.

동필은 10평 정도의 2층 다다미방을 얻어 자취하고 있었다. 그는 학생을 모아 가정교사를 하고 있었다. 나는 그의 허락을 받고 그와의 동거를 시작했다.

지금도 잊지 못하는 그때 우리의 가난함은 느끼함이다. 김치나 반찬을 살 수 없어 하나는 버터에 밥을 비벼 먹고 하나는 참기름에 밥만 비벼 먹으니 3일도 안가 오욕질이 나서 먹을 수가 없었다. 어쩌다 조금의 김치를 얻어 먹으면 그렇게 별미였다. 버터와 참기름은 우리의 김치가 얼마나 훌륭하며 질리지 않는 음식이라는 것을 알게 해주었다.

간신히 대학 1년을 마치고 성적표를 떼어보니 8~90%는 A학점이었다. 나는 그 성적표와 재학증명서를 받아 서울로 상경하였다. 그것을 가지고 한양대학교 야간에 편입을 했다.

거처인 옥수동에서 행당동 한양대학교와 을지로 한양 공고 야간 대학을 오가며 2학년 1학기를 수강하다가 여름 방학에 고광희 당숙 방수회사에서 공사장 노가다 일을 했다.

그곳에서 을지로 입구 조흥은행 본점 신축공사 지하층 방수 공사 현장에서 막노동을 하여 학비를 벌었다.

힘든 막노동을 하는데도 도시락을 싸오지 못하는 사람도 있었다. 나와 동년배인 청년에게 작은 어머니가 싸준 도시락을 수차례 나누어 먹었다. 그는 고맙다며 양말 공장에 다녔을 때 얻어놓은 양말 몇 컬레를 가져다주었다.

그곳에서 일이 끝나 철도청에 다녔던 고광규 당숙이 제천 기관고 옥상 방수 공사를 수주하였다 하여 제천에 가보니 하숙집이 수십 개 있었다.

그곳에 온 노동자 중에는 불구인 몸을 하고서 일을 하는 사람도 있었다.

6·25 때 기관고 폭격으로 슬라브 클랙 파춰 돈내기 공사장의 현실은 석탄 차에서 석탄 도둑질 하다 손발이 하나씩 절단되었지만 정상 치료를 하지 못한 사람. 조금만 다쳐도 뼈가 노출되어 피가 많이 나는 고통이 있어도 돈내기 막노동을 하고 있는 처참한 모습이었다. 팔다리가 하나씩 없는 젊은이들을 보니 가

슴이 아팠다. 그래도 그들은 일할 수 있는 곳이 있어 고마워하고 있었다.

　나는 그들을 함부로 대할 수가 없어서 그들이 하기 어려운 일은 대신해서 해주었다.

　내가 이렇게 공사현장을 돌며 일을 해서 돈을 모아도 수업료를 충당 할 수가 없어서 한양 공과대학 야간대학 3학년 다니던 무렵에 휴학계를 제출하고 사병으로 군에 입대하였다.

제8장

부선망 독자 군입대 만기 전역 하다

　·학비가 없어 한양대학교 2년 수료후 군에 입대하다.
　·부선망 독자로 의가사 제대코자 하였으나 돈 없고 빽 없어 3년을 채우고 만기 전역하다.

1. 광주 11사단 훈련소 입대

막상 군에 들어가려고 하니 두려움이 컸다. 나는 독자라서 할 수만 있으면 군에 가고 싶지 않았다. 나는 부선망 독자로 그 당시에는 독자인 사람 중에 군에 가지 않은 사람이 많았다.

"우리 재언이가 이제 남자가 되기 위해 군대에 가다니……."

할머니는 내 손을 꼭 붙들고서 말했다.

"살 수 있을까 할 정도로 약하디 약했는데……."

왜소하고 작았던 나를 늘 안쓰럽게 여기시던 어머니는 군에 가기 위해 작별하는 나에게 눈물을 보이지 않으시려고 애쓰는 모습이 내 눈에도 보였다. 나는 강하게 보이려고 얼굴에 웃음을 띠었다.

"할머니, 어머니 걱정 마십시오. 나라의 부름을 받고 가는 몸 무사히 잘 다녀오겠습니다."

나는 벌써 군대에 들어간 사람처럼 목소리에 힘을 잔뜩 주면서 말했다. 그 모습이 조금은 우스웠는지 누나가 옆에서 웃고 있었다.

나는 가족들과 이별을 하기 전, 마을을 한 바퀴 돌며 어린 시절 푸른 물에 하루 종일 멱을 감던 냇가와 물에서 나와 몸을 말리던 죽상보 바위, 수런수런거리는 숲과 이별을 했었다. 내 어린 추억이 뭉턱뭉턱 묻어나는 자연은 아무 말이 없어 이별하기 쉬웠지만 가족의 눈물 앞에서는 이별이란 쉽지가 않았다.

아버지의 죽음과 6·25 전쟁을 겪은 할머니와 어머니가 나를 군대에 보내야만 하는 그 고통을 눈으로 보고 나니 발걸음이 떨어지지 않았다. 아직 전쟁이 끝나지 않는 휴전이라는 것을 알기에 죽을지 모르는 막연한 두려움이 가족들의 온몸을 감싸고 있었던 것이다.

두려움 반 호기심 반으로 할머니와 어머니의 눈물 훔치는 모습을 뒤로 한 체 광주 11사단 훈련병이 되었다.

머리를 빡빡 밀은 내 또래 남자들이 우굴우굴거려도 그들의 눈초리는 잔뜩 긴장을 하고 있어서인지 경직되어 있고 말이 없었다.

우리 훈련병의 5주간은 난생 처음 보는 것 투성이었다. 3킬로그램에 가까운 소총, 무거운 철모, 두꺼운 탄피, 딱딱한 전투화 같은 생소한 장비를 온 몸에 두르고 태어나서 처음해보는 다양한 교육에 서툴렀다.

종합각개전투 교장에서 끊임없는 전쟁 소음이 연이어 터지는 폭파와 연막에서는 훈련병들은 뛰고 뒹굴며 거침이 없었다.

가스실에 들어갈 때는 교관으로부터 주의를 듣고 있는 훈련병들의 눈초리를 보면 긴장감과 약간의 두려운 눈초리였다. 나의 두려움도 상당히 컸다. 내 체력에 그다지 자신감이 없었던 나는 가스의 공포를 잘 견딜 수 없을 것만 같았다.

가스실에 들어가자 방독면을 벗고 악을 쓰며 군가를 불렀다. 다행히 나는 얼굴에 눈물 콧물로 얼룩이 지긴 했지만 잘 견뎌냈다.

훈련소에 있을 때 가장 고역이었던 것은 배고픔과 제대로 씻

지도 못하고 빨래를 제대로 하지도 못한 것들이다.

하루 종일 훈련을 받으며 땀을 흘려서인지 군복은 땀범벅이었다. 목 부분에 때가 새까맣게 쩔어 목에 발찌가 발생하여 훈련병을 괴롭혔다. 밤마다 가려움은 극에 달했고 고단한 훈련에 고통스럽지만 벌을 받을 까봐 하소연도 제대로 할 수가 없었다.

일주일에 한 번 샤워를 하는 데도 10초 내에 하라하니 물만 묻히고 나와야 할 때는 샤워 후 몸을 말리면서 불어난 때가 떡사슬처럼 말려 나왔다.

하루는 배가 너무 고파서 김밥 한 줄을 사들고 훈련소 사격장 뒤에 있는 화장실 앞에서 어그적어그적 먹어대었다. 그 김밥 한 줄이 고픈 배를 채울 수는 없었지만 꿀처럼 달았다. 그러나 뱃속에 들어가서는 며칠 째 못 팔아 많이 쉰 김밥으로 탈이났는지 훈련내내 설사로 화장실을 들락거려야만 했다. 화장실에 앉아 배설물이 쏟아질 때는 눈물이 핑돌며 고향의 할머니와 어머니의 모습이 눈앞에 아른거리며 눈물이 핑돌았다. 당장이라도 훈련을 그만두고 집으로 돌아가고 싶었다. 탈영을 하겠다는 생각은 들지 않았지만 군대에서 과연 3년을 제대로 견딜 수 있을지 앞이 캄캄했다. 학비를 벌기 위해 노가다를 뛸 때보다 힘들고 고통스러운 훈련이었다.

훈련의 고통은 나만 겪는 게 아니었다. 훈련 고된 것보다 배고픈 것이 더 견딜 수 없었다. 나처럼 배가 고파 김밥을 사먹고 설사를 하는 장정들이 한둘이 아니었다.

고된 훈련을 못 이겨 의무실에 입원한 환자들이 많았다.

"고 장정, 도망쳐버리고 싶어."

고된 훈련을 마치고 취침에 들어가려는데 옆자리 한 장정이 울먹이며 말했다.

"탈영하면 죽어. 힘들지만 조금이라도 참자."

사실 그의 말이 내 마음이었지만 내색할 수가 없었다.

"그런 소리 하지 마."

옆의 다른 장정이 속삭이듯 말했다. 그도 고된 훈련에 고달 플텐데도 잠을 이루지 못하고 있었다.

"남아로 태어나서 대한민국의 한 사람으로서 의무로 해야 하니 견뎌보자고."

그가 차분하게 말했다.

"짐승 같아."

한 장정이 숨을 몰아쉬며 고통스럽게 말했다.

"내일 의무실에 가서 입원 좀 해야겠어."

또 다른 장정이 말했다.

"아프지 않아도 배가 고파서 더 이상 훈련을 못하겠어. 딱 하루만 쉬어도 견딜 수 있을 것 같아."

나는 그의 말을 들으며 아득히 잠속으로 빠져들었다. 고된 훈련과 배고픔은 꿈조차 꿀 수가 없었다.

훈련이 힘들고 고통스러워도 내가 점점 강해져 가고 있는 것 같았다.

한 달이라는 훈련을 마치고 나는 자대 배치되어 기차에 올랐다.

우린 대형 백에 자대에서 사용할 물건을 받고 후송병 상경 기차에 올랐다.

밤이 으슥하자 갑자기 모든 병사들에게 원산폭격을 시키는 것이었다.

"모두 머리 박아!"

상관의 매서운 목소리가 기차 안을 쩌렁쩌렁 울렸다.

우리는 잠결에 놀라 상관의 명령에 머리를 박을 수밖에 없었다. 조금만 머리를 들면 무자비하게 때리는 통에 아무도 머리를 들 수가 없었다.

"모두 머리 들어!"

무슨 영문인지도 모르고 우리는 난리를 피우는 통에 정신이 나가 있었다. 후에 원주 3보충대에 돌아와 백안의 물건을 보고서야 알았다. 신병에 보급된 새로운 군화와 자키복 상하는 거의 절반 정도 중고로 교체되었으며, 3보충대에 도착해 백을 보관 후에도 거의 전부 중고로 교체되었다. 우리는 허탈감에 빠졌다. 처음부터 중고를 주면 기분이 나쁘지 않았을 것이다. 그러나 훈병들은 아무 말도 하지 못했다. 함부로 불평을 뱉아 낼 수가 없었던 것이다.

2. 원주 1802 정비보급단 5군단 파견 803 정비중대

나는 3보충대에서 강원도 홍천 자동차 운전병 운전 교육대에 배치 받았다. 운전병 교육 후 원주 1802 정비보급단 5군단 803 정비중대에 배치 받아 운전병을 정비병으로 병과직 변경하여 연료계의 보직을 받았다.

연료계 보직 후 토평리 연료 배급소를 매일 출퇴근하며 연료 수령 배급 업무를 하는 중 곤란한 일이 발생하였다.

1내무반 김 하사는 하숙집(영업소) 여자를 데려와 중장비 병기 2층 사무실에서 종종 잠을 자곤 했다. 1내무반 졸병들은 메트리스 침랑을 100여 미터 추운 겨울에 날라 잠자리를 만들어 주었다. 나는 3내무반 수송부 연료계로 체납용 연료를 수송부 안 하사 요구로 공급하였다. 한번은 체납용 연료 공급을 거부하다가 안 하사에게 쪼인트를 맞았다. 체납용 연료는 많이 저장되어 있어 가끔 팔아 용돈도 하였다.

김 하사가 하숙집 여자를 데려와 따뜻한 위병소에 자는 것을 알게 된 위병 김 하사가 위병소의 앉는 침상을 철거하자 김 하사에게 위병 하사는 죽도록 맞았다. 위병 하사는 지원하사고 장기하사인 김 하사는 지원하사여서 군대 동급에도 적대시 구타하였다. 여자를 데려와 자는데 방해한다고 그 하사는 김 하사에게 폭력을 휘둘렀다. 그러나 김 하사는 영창에 가지는 않았다.

대위 중대장 사고로 이태주 중위가 대리중대장 시절, 휘발유가 적게 나오는데 1호차 김영춘 사고병 상병이 요구한 휘발유 20G/A을 줄 수가 없었다. 김영춘 사고병의 고자질로 중대장 이태주는 그런 나를 오해했다.

"고 상병, 너 나를 무시하냐?"

"중대장님 오해이십니다. 아닙니다. 절대로 아닙니다. 휘발유가 없어 못 주는 것입니다."

"내가 임시 중대장이라고 서울가는데 휘발유를 충분히 나에게 안 주잖아!"

나는 억울해 호소를 했지만 이태주 임시 중대장은 자신을 무시하는 줄 알고 사정없이 쪼인트를 때렸다. 김영춘 동료는 서울을 왕래하며 휘발유를 팔아 용돈으로 쓰는데 안 준다고 내무반에서 나를 구타하려고 했다. 나는 김영춘 상병을 피해 식당에서 잠을 잤다.

1960년대 군인이라면 누구나 고달프고 힘든 생활이었다. 전쟁의 폐허 속에서 복원하는 과정에 있어 온 국민이 고통을 함께하고 있었다.

군인이 가장 기쁜 것이 있다면 휴가를 받아 집에 가는 것이다. 내가 유일하게 군에서 가지고 갈 수 있는 것은 매주 2, 3갑씩 주는 화랑 담배였다. 너무나 독하여 피울 수가 없어 모두 모아 할머니와 할아버지에게 갖다 주었다. 담배를 즐기는 군인들은 화랑담배 연기 속에 꿈을 실어 보낸다. 군인의 고달픔을 담배 연기로 흘려보내는 모습을 바라보면서 나도 한 대 피워 물어보지만 나에겐 독하디 독한 담배였다.

할머니와 어머니의 눈물겨운 반가운 마중을 받고 꿈같은 시간은 어찌나 빨리 흘러가는지 눈물의 배웅을 또다시 받으며 부대로 복귀를 했다. 나는 귀대일 입소가 하기 싫어 포천 이동 부대에 있는 삼일 하숙집에 들렀다. 내 방에 들어온 여자는 나에게 자신의 처지를 하소연하는 것이었다. 나는 그녀의 말을 듣고 있는 돈을 꺼내어 여자에게 주며 서울로 돌아가라고 했다. 그녀는 연신 고맙다며 내 돈을 받아 챙겼다. 귀대일 새벽에 군대로 복귀했다. 다음에 삼일 하숙집에 가보니 그녀는 서울에 갔는지 없었다.

이렇게 나의 군대생활은 무르익어 갔다.

나는 군대에 가서도 공부를 계속 할 수 없을까 생각해 서울 창동 802파견 중대로 옮기려고 노력했지만 뜻대로 되지 않았다.

상병이 끝나고 병장 진급으로 나의 군 생활도 얼마 남지 않았다.

나는 용돈과 세탁비를 많이 남아도는 체납용 연료를 팔아 충당했는데 꼬리가 길면 잡힌다고 그만 발각되고 말았다. 자칫하면 영창에 갈 수가 있었다. 나는 다급한 마음에 최종술 수송관에게 하소연을 했다. 최 수송관은 내 하소연을 외면하지 않아 다행히 무사히 제대를 할 수가 있었다.

나는 군입대시는 부선망 독자로 6개월 군 생활을 하다가 의가사 제대를 하려고 했으나, 3년이란 세월을 무사히 마치고 집으로 귀가하였다.

제9장

국가상대 배보상 소송하다

· 서울 남산 자유총연맹 이승만 동상 앞
에서 위령제를 지내다.

1. 자유총연맹 이승만 동상 앞에서의 위령제

박정희 독재자와 전두환, 노태우 정권에서 아버지의 죽음을 말하기만 하면 빨갱이 가족으로 몰려 아무 말도 못하다가 김대중 정권이 들어서자 그나마 말을 할 수가 있었다.

나는 아버지의 억울함을 풀기 위해 백방으로 쫓아다니며 자료를 구하고 살펴보니 보도연맹에 대해 많은 부분 오해가 있었다는 것을 알았다.

1949년 6월 5일에 조직 된 보도연맹의 선입견과 편견으로 나쁜 것으로 치부하는 대다수 국민들이 많다.

보도연맹은 국민보도연맹의 약자이다. '보호하여 지도한다'는 뜻을 가지고 있다.

해방후 이승만 정권이 정권유지를 위해서 고안해 낸 좌익척결 단체라 해도 무방하다. 일제의 '사상보국연맹'을 표방한 보도연맹은 좌익세력을 단속하고 통제하여 척결하는 것이 목적이었다.

친일파였던 이승만은 정권 구성원들을 친일파로 채우고 일본 것을 그대로 사용했던 것이다. 아니, 표면상은 철저하게 반일정부인 것처럼 보였으나 내면은 친일정부일 수밖에 없었던 것이다.

1937년 일제는 우리나라 사상범을 무조건 가입시키는 '대화숙'과 '사상보국연맹'을 만들고, 곧 이어 '조선방공연맹'을 만들어 사상범을 통제했던 것이다. 이들 단체는 대외적으로는 사상범의 통제였지만 독립운동의 싹을 자르고 독립운동을 탄압하기 위한 수단이다. 1948년 8월 남한 단독정부가 수립된 후 극심한 사상대립 속에서 이승만은 정권을 유지하기 위해 국가보안법을 제정하고 그도 모자라 보도연맹을 만들었던 것이다.

이 두 개의 단체는 이승만으로 하여금 날개를 달아주었다. 그는 양날의 칼처럼 자신의 정권에 반하는 사람은 무참하게 앞뒤 가리지 않고 처벌해버렸다.

국가보안법은 1948년 11월 제헌국회에서 제헌하기 전 치열한 논쟁을 일으켰다. 상당수 의원이 그 제정에 적극 반대하여 비판을 받았다.

'3000만 국민이 다 걸릴 이 법을 만들면 자손만대에 죄를 짓는 것이 된다' 라며 강하게 비판이 일기도 했다.

그러나 신실한 장로교 목사였던 포항 지역구 출신인 박순석 의원이 "이 법안이 잘 돼야 인민공화국이 되지 않고 자손만대에 자유국가를 물려줄 수 있다"라고 이승만을 추종하는 의원들과 강하게 밀어붙여 제헌국회에서 통과되었던 것이다.

보도연맹은 서울지검의 오제도 검사가 직접 입안하고 사상검사 선우종원과 함께 주도적으로 이끌었다.

오제도하면 서슬퍼런 검사로 악명을 높였다. 그이 나이 31세의 약관이었다.

50대 이상은 한국을 공산주의에서 지켜준 위대한 반공검사 오제도를 기억한다. 박정희 정권때 인기있는 드라마에는 애국심의 화신이며 그의 역동적인 모습이 등장한다, 그 시절 오제도를 일명 영웅으로 만드는 라디오 드라마의 위력은 대단했다. 그는 그 인기 덕에 국회의원을 지내고 현재 국립묘지에 묻혀 있다.

그는 남로당의 김삼룡과 이주하를 체포했고, 서울 남로당 총책 홍민표를 전향시켰다. 여간첩 김수임 사건을 담당했다.

이승만 정권은 그 당시 국회에서는 소수의 의원만을 가지고 있었다. 이승만의 봉건체제 구축에 방해가 되는 국회를 전복시키는 사건은 세계사에 기록될 정도이다. 국회의원 1/4에 해당하는 40명이 기소되고 10%에 근접하는 15명 국회의원을 북한 간첩단으로 구속하였다. 그가 제시한 증거는 딱 1건 뿐이었다. 남파 여자 간첩 정재한을 체포하였는데 은밀한 곳에서 문건을 발견하였다고 법원에 증거로 제시하였다. 법원은 이를 증거로 채택하여 국회의원에게 간첩누명을 씌웠던 것이다. 이때 간첩 정재한은 증인으로 나오지도 않았고 여자 간첩을 본 교도관도 경찰도 없다. 그후 1990년대에 와서 그는 국회뿌락치 사건의 증거는 없다고 실토를 하므로써 그의 위력이 얼마나 대단했었는지 알 수 있다.

이 당시 가장 부패한 것은 검사였다. 정권의 하수인 노릇을 충실히 해내며 그들의 활약으로 독재정권을 유지하게 했던 것이다.

박정희 정권 때는 이 보도연맹이 간첩과 연좌제로 바뀌어 통제의 극을 내달았다. 오늘날에도 편리하게 정권을 유지하기 위한 수단으로 활용하고 있다. 요즘은 정부에 대해 조금만 비판을 하면 종복으로 몰아버린다.

보호하여 지도한다는 보도연맹은 살인단체나 마찬가지이다.

내 아버지가 이승만 정권이 만든 보도연맹의 희생자인 것을 늘 염두에 두고 문민정부가 들어서자 억울한 죽음을 밝혀보리란 희망을 가졌다.

노무현 정권 때 과거사진실규명이 나오기 전에 담양경찰에 가서 보도연맹 사건에 관한 기록을 보기 위해 찾아갔다.

"선생님, 보도연맹 사건은 불타서 없습니다."

담당자는 태연하게 대답했다. 그의 말에 갑자기 울분이 솟았다. 엄청난 희생자를 낸 보도연맹 사건 자료를 없애버리다니 뒤가 구린 것이 아닌가 하는 생각이 들었다. 죽을 만큼 큰 죄를 짓지 않았는데 죽인 것을 가리기 위하여 범인들이 없애버렸다 여겼다. 난 그들을 범인이라 말하고 싶을 정도로 그들의 극악무도한 짓에 치가 떨린다. 가족을 잃은 슬픔을 어찌 허술하게 관리하고 없애버렸다는 것인가?

"왜 불에 태웠습니까? 말이 안 됩니다."

나는 그에게 대들듯 따졌다.

"그 당시 일을 제가 어찌 알겠습니까?"

"잘못을 가리기 위해서 태웠을 것입니다. 나의 아버지는 결코 죄가 있어서 그들이 죽인 게 아닙니다. 나는 꼭 아버지의 진실을 밝힐 테이니 어떤 자료라도 있으면 주십시오."

"죄송합니다. 저희도 어쩔 수가 없이 선생님께 그 어떤 정보도 드릴 수가 없어 유감입니다."

나는 형식적인 담당자의 말을 듣고 화를 더 드러내지 못하고 담양경찰서를 나왔다.

잔뜩 찌푸린 하늘을 바라보며 하나님께 하소연 했다.

"하느님, 이제는 아버지가 돌아가신 원을 풀게 도와주십시오."

하늘은 내게 아무 대답은 하지 않았으나 머지않아 우리의 한이 조금이라도 풀리지 않을까 또 다른 희망을 가지고 한걸음 내디뎠다.

나는 그동안 빨갱이 가족으로 몰릴까 봐 또는 친족과 자식에게까지 피해가 갈까 봐 억울하다는 소리를 입 밖에 내지 못하고 살았다. 가족을 잃은 것도 억울한데 빨갱이 가족으로 몰아 핍박을 받았다. 나는 추석이 오면 가슴을 쥐어뜯는 할머니와 어머니의 시퍼렇게 멍든 가슴을 말없이 지켜보아야만 했다.

같은 민족끼리 빨갛고 파랗게 색칠하는 모습을 보면 한숨이 절로 나곤 했다. 좌익에 몰렸던 가족의 입은 굳건하게 닫힌 철문이었다. 마음의 빗장까지 걸어두고서는 빨갱이 소리를 들을 수 있는 자리는 멀리했다.

내 곁의 김 씨는 가족들의 과거를 덮기 위하여 열렬한 반공투사로 활동하였다. 빨갱이나 좌익 같은 말만 나오면 남들보다 소리 높여 비판했다. 공무원인 김 씨는 빨갱이라고 말을 듣는 사람들에게 행사 장소 빌려주고 문책당할까 봐 이리 피하고 저리 피하는 것이 고역스럽다고 했다.

2003년 6월 19일 나는 범국민위 최의진 회장에게 학살피해자 가족임을 알리고 아버지의 억울함과 다른 유족들의 억울함을 풀어주기 위하여 활동하기 시작했다. 수차례 유족회의에 참가하다보니 유족의 비애와 아픔이 잔뜩 묻어나는 것이 아직도 그들은 가족의 억울함을 잊지 못하고 있었다.

한국전쟁의 전후해 발생한 민간인 학살에 대한 진상규명과 명예회복 법안이 국회에서 무산되었지만 전라남도 의회가 자치단체로는 처음으로 관련 조례제정에 나섰다.

전남도의회 행정자치위원회(위원장 김창남)는 2004년에 상임위원회를 열어 김창남의원의 대표발의로 도의원 36명이 제출한 한국전쟁전후 전남지역민간인희생자사건 진상규명 및 희생자명예회복 등에 관한 조례안을 만장일치로 통과시켰다.

한국전쟁 전후인 1948년 8월 15일부터 1953년 7월 27일까지 전남지역에 국군, 경찰 연합군, 준군사조직에 의해 자행되었던 민간인 학살에 대해 지방자치단체 차원의 진상규명과 보상이 이루어졌다.

이 조례안으로 '미군학살만행진상규명 전민족특별조사위원회'나 광주인권운동센타 등 민간단체가 독자적으로 추진해왔던 증언조사와 유해발굴 사업이 법적 테두리내에서 안정적으로 하게 되었다. 학살피해가 가장 많은 전남인지라 더 진실을 규명하고자 하는 의지가 강했던 것이다.

짙은 안개에 가려졌던 진실들이 그 폐허 속에서 오랫동안 곪아왔던 역사의 상처를 치유하기 위해 전라남도의 각고의 노력이 한가닥 희망의 끈이 되어 내 손안에 쥐어졌다.

다음해, 국회에서 과거사진실규명위원회가 2005년 5월 3일 통과되었다. 속칭 과거사법은 그해 12월 1일 출범을 한다. 항일 독립운동, 일제강점기 이후 국력을 신장시킨 해외동포사, 광복 이후 반민주적 또는 반인권적 인권유린과 폭력학살의문사 사건 등을 조사하여 은폐된 진실을 밝혀 과거와의 화해를 통해 국민통합에 기여하기 위해 만들어졌다. 과거사는 2010년 6월 30일에 조사를 마무리하고 활동을 완료했다. 10,860건을 접수하고 2006년 4월 25일 첫 조사를 개시했다. 4년 2개월만에 총 11,172건의 조사를 마무리했다.

진실화해위는 사건과 관련된 문헌자료를 검토하는 것을 기본으로 하여 신청인과 참고인의 진술을 청취하고 직접 사건이 발생한 현장을 방문조사했다. 그 결과를 담은 조사보고서에 대해 조사국 소위원회와 전원위원회의 심의와 의결을 거쳐왔다. 진실화해위는 국가로부터 피해 사실이 확인될 경우 피해자의 명예회복을 위한 적절한 조치를 취해줄 것으로 국가에 권고했다.

진실화해위는 조사활동이 만료되어 2012년 12월까지 대통령과 국회에 보고하고 12월 31일 해산하였다.

이러한 일은 나와 유족들에게 엄청난 희망이었다. 나는 군경의 총살에 학살당한 아버지의 죽음의 진실을 규명하고 충분한 배보상을 해달라고 요구했다.

나는 2005년 12월 3일 경찰청 과거사 진실규명 위원회에 진실규명에 의해 충분한 배보상을 요구했다.

제10장

玹헐렁 荘헐렁

· 노동부는 장재인의 아르바이트 임금을 착취하다

· 2015재노60의 판결은 살인 사건에 살인자와 희생
자가 바뀐 판결과 같다.

· 과거사 민간인 공권력에 의한 희생자의 배보상.
114만의 진실규명

· 8700명 진실규명

· 6~7천명 배보상

· 채의진 회장 : 희생자 3억, 배우자 2억,
부모 자녀 각 1억, 형제 자매 각 5천

· 나주해남: 희생자 2억, 배우자 1억5천,
부모 자녀 각 1억, 형제 자매 5천

· 고양 금정굴 : 희생자 2억, 배우자 1억5천,
부모 자녀 각 1억, 형제 자매 각 5천

· 과거사 전부 희생자 8천, 배우자 4천,
부모 자녀 8백, 형제 자매 4백으로 배보상

1. 노동부는 장애인의 아르바이트 임금을 착취한다.

1) 막내 희진이는 이란성 쌍둥이로 형에게 치여 엄마 뱃속에서부터 발육이 더뎌 성장시부터 형보다 훨씬 뒤처졌음

2) 중학교 시절 따돌림으로 다닐 수 없는 학교를 졸업 후 진학을 안 하였음

3) 동료들이 학교를 갈 때 주유소 주유원. 피자 배달, 통닭 배달 등 단순업무를 자신이 찾아 취직하였으나 오래 다니지 못하였음

4) 군입대 신체검사가 나와 군의관에게 군입대 불가를 이야기 하니 장애인증이 있어야 하기에 성모병원에서 정신 장애인 3급 판정 받아 군입대 면제를 받았음

5) 계속 자신이 아르바이트 등 취직하여 직장 생활하던 중 또 장기간 실직으로 실업수당을 청구하였음

6) 보호자로 나까지 실업수당 관리교육을 받앗으나 실업수당 수급중 아주 적은 아르바이트 임금이 부정수급임을 알지 못하였음

7) 실업수당 수급액의 배의 수급 벌과금이 부과되었음

8) 노동부 1단계 이의서 제출하였으나 기각하였음

9) 노동부 2단계 이의서 제출하였으나 기각되었음

10) 노동부 3단계 이의서 제출하여 과천청사에서 직접 면담하였으나 기각하였음

11) 하도 억울하여 서울 행정법원에 소송하였으나 장애인에

대한 별도 규정이 없다고 기각하였음

12) 고등교육을 받은 나도 알 수 없게 실업수당 교육을 하고 정신장애인의 아르바이트 임금 착취의 노동부를 고발합니다.

2. 2015재노60 예를 들어 살인사건에 살인자와 희생자가 바뀌다.

1) 재건축 조합의 조합원의 정보연람 공개 요구에 서초구청장까지 동원하여 3개월 지연후 내용 전부 삭제한 2,000여 장을 주었음

2) 연람공개 요구에 모두 삭제한 서류 받아 정보 공개 확인서를 서명하였음

3) 당시 정보공개 지연으로 고소고발이 발생 정상 공개로 악용 할까 봐 다음날 확인서 수령 부당 허위 수령을 기제 후 복사 요구하였음

4) 조합원인 나는 복사하여 달라하고 조합장은 안해주겠다고 실랑이를 하다가 두사람 손에서 많이 훼손된 서류를 나의 손에 와서 두 손으로 움켜쥐고 퇴실하였음

5) 조합은 조합 제물로 탈취 훼손으로 고소하였음

6) 서초경찰서 조서에 본 부당함을 진술하고 조합을 처벌요구하였으나 동영상 판단은 재판부 판결이라 하였음

7) 검찰청 100만 원 벌금으로 약식 기소되어 정식 재판청구

하였음

8) 65세 이상으로 국선 변호인 선정 원고 피고가 바뀐 사항으로 무죄 주장 변론하였으나 70만 원으로 선고하였음

9) 서울고등법원 상고 국선 변호인으로 무죄변론하였으나 원심과 동일선고로 하였음

10) 대법원에 상고 국선 변호인으로 무죄 변론하였으나 고법 판결로 기각 판결.

11) 검찰청 70만 원 별과금 납부에 조합 재물 탈취로 되었으나 납부하였음

12) 2015제노60으로 서울중앙지법원에 재심청구하여 국선 변호인 선정요구에 선정되어 변론 준비중 서울서울지방법원에서 항소로 이관 후 국선변호인 변론없이 조합원에게 기각 통보

13) 본 사건은 살인사건에 살인자와 피해자가 바꾸어 판결된 사건으로 많은 국고에 의한 국선 변호인의 변론을 받아들이지 않는 국고만 낭비한 오심으로 본 사건 관련 경찰, 검찰, 원심재판부 항소재판부 대법재판부를 직무유기로 고발합니다.

14) 본 사건은 막대한 이권이 개입된 재건축 조합사건으로 대형 로펌의 개입여부가 의심되며 2015재노60 기각 판결후 법률 구조공단에 문의 해결방법이 없고 고소해봤자 결과가 뻔하므로 본 지면으로 고발합니다.

3. 군경의 총살에 의한 무고한 아버지의 희생

1) 나는 1944년생으로 아버지의 희생은 1949. 8. 15(음) 추석날 아침, 경찰연행에 의한 희생으로 연행 사실과 야학한 사실 이외는 얼굴 모습 하나 기억에 없음

2) 어린 내가 아버지의 소재를 말하면 사상으로 연행 희생될까봐 아버지가 병환으로 돌아가셨다고 하였음

3) 대청 마루바닥 지하에 피신 후 국가 권유로 보도연맹 자수하여 자유로운 몸으로 야학도 하고 볏짚 가마니 짜기 가업중 추석날 아침 연행 희생하였음

4) 할머님이 너무나 억울하여 나에게 국민학교 5~6학년 시절 넋두리 말씀을 하였음

5) 나는 당시 6 · 25 전후 많은 민간인 희생을 알고 언젠가 아버님의 한을 풀어드려야 한다고 하였음

6) 3공시절부터 군사독재 시절 말만하면 빨갱이 가족으로 몰리므로 말도 못하고 김대중 대통령 시절부터 경찰에 진실규명 요구하였음

4. 군경의 총살에 의한 무고한 아버지의 희생 진실 규명과 충분한 배보상 요구

1) 16대 국회 범국민 관련 국회의원으로부터 범국민위의 활

동 내역파악

2) 2003.6.19 범국민위 채의진 회장에게 학살피해자 신고하여 수차례 회의 참가 식대만 내고 중식후 해산

3) 2005. 12월 23일 경철청 과거사 진실규명 위원회에 진실규명에 의해 충분한 배보상 요구

4) 2007.6 · 25 2년여 5차례의 진술 조사후 규명 불능임을 통보

5) 2005 12월 29 진실 화해를 위한 과거사 정리위원회 설립 즉시 진실규명 신청

6) 모든 진실 규명 발표해 지연 사유 몰라 수차례 항의 방문하여 2010.5.18 종료 맨 마지막에 전남 담양 등 11개 지역 군경에 의한 민간인 희생 사건으로 진실 규명

7) 아버님의 억울한 유가족의 통탄의 울분 국가의 응분의 보상을 표지에 기록후 배보상 요구계획

8) 20111.경찰청으로부터 고재언 회장이 유족회 결성 위령제비 청구하여 위령제 요구

9) 행자부의 요구로 국가 기록원 2회 출장 유족의 개인 정보 입수 648명 유가족 명단 작성 위령제비 청구

10) 2012 3.4 서울 장춘동 자유총연맹 이승만 동상 앞에서 위령제비 200만 원으로 결찰청장의 조화로 경찰청 담당 과장 참석 성대하게 하였음

5. 유족회장 명으로 2012. 3. 4부터 2014. 12 국가상 대 손배상소송

1) 전남 담양 등 11개 지역 덕수법인에 소송 중

2) 고흥보성지역 관련 유족은 유족회 결성없고, 손배상 소송 불가 유족을 국가기록원에서 유족회 회장명으로 개인정보 입수

3) 고흥, 보성지역 유족 개인 정보 입수 중 전남 동부지역, 영광지역, 전북지역, 광주형무소 사건 등 개인정보 입수

4) 희생자 100여 명 유족의 개인정보 입수 통보하여 80여 명 희생자에 대한 소송을 덕수법인, 정평법인, 위너스법인에 11개 건으로 소송하였음

5) 문경 석달 채의진 회장 원심 소송 60년 시효로 기각 항소 또한 시효로 기각 상고에 공권력에 의한 시효 경과로 고법에 파기 환송

6) 희생자 3억, 배우자 2억, 부모자녀 각자 1.5억으로 확정판결 수령 완료

7) 국가 과잉 판결로 재상고 대법은 고법에 파기 환송 고법은 8.4.8.4 환급 판결

8) 해남 나주 사건 원심에 희생자 2억, 배우자 1.5억, 형제 자매 각 5천으로 판결 항소에 8.4.8.4로 판결 상고에 불속행 확정판결

9) 고양 금정굴 사건은 원심에 2억, 배우자 1억, 부모 자녀 각

5천에 국가 항소 1일 지연 기각으로 확정 수령하여 자체 위령 재단 법인 설립 대대적인 위령 사업 실시 중

10) 우리사건 형무소 사건 등 시신이 없는 유족은 10여 명이 기각되었음을 공판 결과 파악 자료 확보하였음

12) 과거사 전 사건이 대법 상고에 불속행 기각으로 8.4.8.4로 확정판결하였음

6 군경총살에 의한 무고한 우리 부모님 114만명 희생에 대한 배보상 8.4.8.4 판결에 대한민국을 고발합니다.

1) 수기 김 사건 등 간첩 누명에 의한 3심에 의한 사형집행에 대한 국가 손배상을 희생자 5억, 배우자 2억, 부모 자녀 각 1억, 형제 자매 각 5천인데 왜 재판없이 총살에 의한 희생에 의한 희생에 8.4.8.4입니까?

2) 선진 경제 대국인 대한민국은 정치와 법이 日 日이며 이헌령 비헌령이며 유가족은 甲乙內丁武器 12갑자의 맨 끈으로 갑질을 하는 것으로 고발합니다.

제11장

감사합니다.

삼남 일녀에 건강하고 씩씩한 친손 외손으로 손자만 다섯을 두다

1. 소망교회 곽선희 목사님

생명의 호흡을 할 수 있는 공기를 매일 만들어 주시어 숨 쉬고 살게 하여 주니 감사합니다.

곽선희 목사님의 양자인 고아가 성장하여 나는 하나님의 은혜를 받은 것이 없다고 하니 그러면 너는 어머님에게서 태어나면서 부터 젖을 만들어 빨아 먹었느냐고 합니다.

손이 귀한 외가에서 독자로 피골이 상접한 허약 체질로 태어났지만 하나님의 은총으로 삼남 일녀를 두고 건강한 손주만 다섯을 두고 현재 칠십을 넘게 건강하게 살고 있으니 감사합니다.

2. 어머님에게 감사합니다

일제와 6 · 25의 시대의 아픔을 안고 살면서도 나를 이 세상에 태어나게 해 주시니 감사합니다. 배고픔으로 아끼던 서숙죽을 쉰 후에 많이 잡수시고 이질로 죽을 것만큼 아프고 힘드셨을 텐데, 뱃속의 나를 기르시며 모진 목숨 부여잡고 연명하여 수많은 날을 함께 살아주서서 감사합니다.

10개월 동안 쇠심줄보다 더 질긴 이 지상의 인연을 이으시려고 만삭 4~5개월 전에 이질로 나를 나을 때 죽음까지도 가면서까지 저를 위해서 살아주서서 고맙습니다.

엄마도 아이도 피골이 상접하여 뼈만 앙상한 내가 고추를 달고 나올 때 어머니의 눈에 눈물이 고인 모습을 볼 수는 없지만 눈감고 생각하면 그랬을 것이라 생각하니 감개가 무량합니다.

꽃다운 청춘, 임을 여의고 어찌 사셨습니까? 가슴마다 켜켜이 외로움의 등불을 켜시고 아들을 임인 양 살으시었을 어머니를 생각하면 가슴이 미어집니다.

어찌 가난은 그리도 질기던지요. 소작으로 얻은 논밭, 허리 한번 제대로 못 펴시며 살았을, 가느다란 손가락이 마디마디 굵어졌을 어머니의 손으로 주렁주렁 곡식은 열려 우리 가정이 살아가고 행복과 사랑의 열매를 거두었습니다.

외가에서 얻은 씨감자와 고구마는 해마다 우리 목구멍에서 배고픔을 달래어 주며 이승의 끈을 놓지 않게 해주었습니다.

어머니는 칠십리길 화순 너릿제 넘어 동복 고모의 불탄 집터에서 자란 쑥을 산더미 같이 캐와 쑥죽 쑥밥으로 쑥처럼 우린 강하고 질기게 살아남았습니다. 쑥의 질김일까요? 어머니의 질긴 사랑일까요?

텃밭에서 자란 몇천 포기 무 배추는 질기고 긴 겨울을 날 수 있도록 우리의 음식이 되어주었습니다. 교촌 고향 또랑에서 살얼음 깨며 꽁꽁 얼은 손을 호호 불며 대형 항아리 10여 개에 싱건지를 많이 담아 김치밥 씨레기국으로 허기를 면하게 하여 주셨으니 감사합니다.

하루인들 어머니의 허리는 편 날이 있었을까요? 사십리 길 광주양동시장 이십 리 길 창평5일 시장을 보시며 달콤한 사탕을 젖가슴마냥 품고 오신 어머니, 만원 버스도 안 타고 구루마 뒤 따라 머리에 산더미 같은, 철 한 덩이같은 짐을 머리 위에 이고 머나먼 길 시장을 보는 고통을 어찌 그리도 견뎌내셨습니까?

고구마, 감자를 많이 작답하여 구루마에 잔뜩 실어 광주 양동시장의 땅바닥에 놓고 저녁늦게 까지 전부 팔고야 오는 그 길은 그나마 꽃길이었겠습니다. 그길 오며가며 임을 생각이나 해보셨을까요? 오로지 하나있는 아들 생각했을까요?

가난한 생활, 일하고 또 일해도 어찌 목구멍은 그리도 넓어 계란 하나 못 먹고 감 하나 못 먹고 고구마, 감자, 고구마 잎 줄기까지 서푼 어치도 시장에 팔아 살림하는 그 알뜰함은 어느 여인이 따라올 수 있을까요?

물건 팔은 돈으로 실가치. 황세기 새끼라도 사와 할아버지 할머니를 봉양 하시고 매우 어려운 형편에도 반주로 술을 좋아

하시는 할아버지를 위하여 서숙술 감자 고구마 술을 떨어지지 않도록 하는 그 효심.

아들 하나를 학교에 보내려고 교실도 없는 국민학교에 6살에 입학하게 하시고 사레지오 중학교에 불합격하여 노진환 이종형에게 부탁하여 보기올 입학토록 하여 주신대 감사합니다.

중학교 시절 숙식 문재로 5남매를 둔 동산굴 아짐, 재석이형 금석이와 자취. 재공형 형수, 월산동 사돈내 팔촌까지 부탁해 학교를 다니게 해주신 것 감사합니다.

나의 진학이 좌절 되자 교육을 위하여 어머니가 집을 나오려 하니 숙부님이 교육에 대한 책임지고 어머니는 고령이신 할아버지 할머니를 책임지기로 결정한데 감사합니다.

젊은 시절 홀로된 어머니들은 재가 하던가 가정을 팽개치고 나가 가정이 파탄되어 자식들은 고아로 굶어 죽었으나, 어머니는 못 입고 못 먹으며 고생 고생하고 평생을 할아버지 할머니 공경하며 사시고, 대학교 졸업 전 원자력 연구소 임시직 만오천원 월급에 서울로 모시어 30여 년 살다 작고 하시었으나 임종 시에는 불효하여 본 서면으로 용서를 빌며 어머님의 너무나 고달픈 생애 전체에 두 손 모아 감사드립니다.

국가에서 배보상이 조금 나와 어머님, 아버님의 유해를 서울시 광탄 서민 옥외 납골당에 강화 고급 빌라 실내 납골당에 모시오니 여름에는 시원하게 겨울에는 따뜻하게 어머님 아버님 노년에 즐기시던 화투를 어머님과 아버님과 도란도란 치시며 행복하게 지내시고 할머님 할아버님 함께 모시고 저의 내외도 함께 갈 것이니 하늘 나라에서 모두 함께 행복하게 지낼 것입니다.

3. 할머님에게 감사드립니다

믿은 장자를 여의시고 못난 손자를 믿고, 할아버님이 같이 자기를 원하신데도 어머님을 외로움을 덜어주고 지켜 주시려고 할머니, 어린 나, 어머니, 누나와 네 명이 항상 잠을 자 주신대해 감사합니다. 잠잘 때는 자주 재언이 고추따 먹자며 사랑하여 주신대 감사합니다

매년 나의 생일이면 적은 떡 시루에 반 되 팥떡을 놓으시고 밤새도록 빌고 빌며 우리 병약한 손주 건강하게 자라고 훌륭하게 자라게 하여 달라고 자다가 깨면 빌고 자다가 깨면 빌고 있는 모습 주신 은혜 감사드립니다.

일곱 마지기의 밭을 작답하시느라 매일 밭에서 아침부터 밤까지 호미질, 물래질을 밤새도록 하시어 자다가 깨어 항상 물레를 돌리는 할머니를 보며 쉬지도 자지도 않는 사람인줄 알았습니다.

품앗이로 물레질 삼삼기 삼쩨기로 입학 선물로 손주 시계를 사주시고, 방학에 고향에 가면 고령인 할머니가 뒤엿을 되신 모습이 감동스럽고, 전 재산 정리하여 손주가 할아버님, 할머님, 어머님 서울로 모셔와 10여 년 사시다 돌아가시었습니다.

포천 소흘읍 직동리 묘소에서 강화고급 빌라 실내 납골당에 모시오니 할아버님, 할머님 도란도란 하시며 행복하게 지내시고 저의 내외도 함께 갈 것이니 하늘나라에서 모두 함께 행복하게 지낼 것입니다.

아버님, 어머님과 함께 겨울에는 따뜻하게 여름에는 시원하게 계시도록 하겠습니다.

4. 숙부님, 숙모님에게 감사드립니다

6·25때 피난길에 인민군에 체포 된 후 거제도에 포로가 되어 끌려가다가 석방되어 아버님을 대신 수년간 농사일을 하여 주신대 감사합니다. 객지 부산에 취직되어 신접살림부터 3년간 서울로 오시어 대학교 다닌 기간 군대 생활까지 10여 년의 숙식과 어린 조카를 거두어 주신대 감사합니다.

소작논이 곡수를 안내어 넘어 가게 되자 반값에 매수하여 제 명의로 하여 주시고, 광능 내 뒷산을 매수 가족묘로 허가하여 할아버님, 할머님, 모시고 아버님, 어머님까지 모시도록 하여 주시어 감사합니다.

숙부님의 생전 계획으로 24기 납골묘 설치 태양열에 의한 여름은 선선하게 겨울은 따뜻하게 하여 할아버님, 할머니, 아버님, 어머님 함께 모시고 저희들도 함께 있도록 할 계획입니다.

숙부님, 숙모님 묘비도 할까 합니다.

5. 누나에게 감사드립니다

13살 어린 나이에 국민학교 졸업 후 살림을 도맡아 어머님 도우며 가장 노릇을 하신대 감사드립니다. 나보다 공부 잘하는 누나가 남아 선호 사상으로 중학교 진학도 못하고도 불평 하지 않아 감사드립니다. 어린 나이부터 결혼 때까지 매일 베틀로 삼배 무명배 짜서 어머니는 장에 나가 팔아 저의 학비를 대느라 허리가 부러져라 너무나 고생하였습니다.

6. 역대 대통령님과 애국지사에게 감사드립니다

건국의 아버지 초대 이승만 대통령에게 감사드립니다. 공권력에 의해 너무나 많은 민간인이 희생되었습니다.

산업화로 전 국민을 절대 빈곤에서 탈피케한 박정희 대통령에게 감사드립니다. 유신만 안 했으면 불행은 없었을 것입니다.

정치 민주화를 이룩한 김대중 대통령에게 감사드립니다. 대북 안보 위협에서 탈피케 하였으나 평화 통일을 이룩하지 못하여 아쉽습니다.

　서민 대통령으로 기초 연금과 최저 임금 제도를 마련한 노무현 대통령에게 감사드립니다. 지방 분권으로 국가 균형 발전을 이룬데 대해 감사합니다. 불행한 일까지는 없었으면 얼마나 좋았을까요?

　민족 정부를 계획한 김구 주석에게 감사드립니다. 불행한 일이 없었으면 이북하고 전쟁도 일어나지 않았겠지요? 봄, 가을 국립묘지 효창공원을 찾아 상기와 같이 참배드리며 안중근의사, 이봉창의사의 영전에 머리 숙여 감사드립니다.

　대법원에 감사하며 정치권 입법부에 호소합니다. 공권력에 의한 60년 시효 경과는 무효의 판결에 양승태 대법원장에게 감사드립니다. 무고한 민간인 총살에 의한 희생에 8,4,8,4판결은 어떤 기준으로도 너무나 적습니다. 114만명 희생에 8,700명의 진실 규명은 너무 적어 정당한 진실규명이 될 수 없습니다. 특별법을 제정 진실규명을 다시하고 과거사 배보상을 국제법에 의해 충분한 배보상을 할 것을 정치권 입법부에 부록과 같이 호소합니다.

제12장

채의진 회장 동상

대한 민국 정부는 특별법을 제정 6 · 25 전후 공권력에 의한 민간인 희생자 114만을 발본색원 유가족 1,000만의 限을 풀어달라

· 설립 장소: 효창공원 삼의사묘소, 임정요원 묘소 사이 공간

· 설립 규모: 500평~1,000평 대지에(서울시 무상 제공)

· 모금 액모: 10억원

· 모금 처: 전국 유족회(전 지역 유족회), 법무 법인(과거사 소송한), 정부 투자 기관의 모금에 의해 건립 계획한다

169

1. 천만인의 한을 풀기 위해

아버지의 죽음에 대해 앞에서 다루었지만 내가 아버지가 화장실에서 나오면서 환하게 웃으시며 친구를 반갑게 맞이하던 기억 외에는 왜 잡혀갔는지 알지 못했었다. 가족들은 아버지가 병으로 돌아가셨다고 했다. 내가 조금 크고 나서 아버지가 억울하게 죽었다는 것을 알았다. 그 말을 들은 후로 가난으로 공부를 수없이 그만 두고 싶을 때마다 힘을 길러 아버지가 왜 죽었는지 알고 싶었다. 어머니도 아버지의 죽을 수밖에 없는 죄명을 제대로 알지 못했다. 그저 그 당시의 이념으로 죽었다는 것일 뿐 명확한 죄명이 없었다.

나는 아버지의 명예를 회복해 드리려는 일념으로 온 힘을 쏟았다. 그 방법을 몰랐지만 바라고 원하니 길이 보였다. 자연스럽게 과거사진상규명위원회를 알게 되고 채의진 회장을 알게 되었다. 나는 아버지 한 분만 그 당시에 잃었지만 채의진 회장은 가족이 거의 몰살을 당했으니 그 한이 얼마나 깊으랴!

"우리 마을은 전쟁 중에 불타고 없어졌어요."

채의진 회장은 60년이 넘은 그 때의 일이 아직도 생시인 듯 목소리가 젖어 있었다. 열 번이 열 번, 백 번이 백 번 다, 그 일을 말할 때면 서러움과 고통이 같이 동반되어 침착하게 말할 수가 없다고 한다.

"저는 아버지가 왜 죽었는지 모릅니다. 야학을 하시며 당숙의 심부름 몇 번 한 것 밖에 없는데 어느 날 끌고 가서 죽였습니다. 아버지 없는 설움이 가장 큰 서러움이었는데 회장님은 가족이 다 몰살당하셨다니 무어라 위로의 말을 할 수가 없습니다."

"고 선생, 그 당시 억울하게 죽은 분들의 한을 풀어드려야 합니다."

"그래야지요. 저는 아버지 뿐만 아니라 담양 분들의 억울함을 밝혀내는 데 노력을 하겠습니다."

나는 결의에 찬 목소리로 말했다.

"내가 만든 아리랑 별곡입니다. 이 노래를 듣고 미처 신고하지 못한 사람이 있으면 신고를 하지 않을까 하는 바람으로 지었습니다. 한번 들어보시겠습니까?"

나는 두 눈을 감고 아리랑 별곡을 들었다. 아버지의 모습, 아직도 끝나지 않은 슬픔, 아직도 끝나지 않은 의문이 내 머릿속을 헤집으며 아득하게 들렸다.

"내가 가장 슬픈 날이 언제인지 아십니까?"

"전 추석이 가장 슬픈 날입니다."

문경 새재 넘어올 때

- 석달동 양민 집단학살 진상규명 국회앞 상여시위에 부쳐-

詞:柳春桃
曲:全春龍

약간느리게(고전민요풍으로)

어허이 어허이 - 상여를 - 매고
어허이 어허이 - 상여가 - 가네

억울하게- 돌-아-가신 우리-아-부지
불쌍한- 우-리-어매 어디로- 갔소

오-십년 - 원한-신고 - 여-기-에-왔소
분이업고 - 석이-안고 - 나-두고-갔소

문경새재- 넘-어-올때 가슴-미- 어져
문경새재- 넘-어-올때 하도-서- 러워

막-걸리 - 한잔-묵고- 한-숨을 - 지-었소-
두건벗어 - 먼- 지고- 통-곡을 - 하-였소-

의 - 사당 - 양반들아 - 내-마-음- 아-오-
길 - 가는 - 사람들아 - 내-마-음- 아-오-

이름없는 아기혼들

-석달동 양민 집단학살 때 참살된 아기들을 생각하며-

詞 : 柳春桃
曲 : 全春福

애도의 맘담아 절절하게

산 넘 어 - 넘은 - 세 상 머 물 곳 찾 아 - 구 천 떠 도
아 가 들 - 아 아 가 들 아 아 가 들 - 아 - 이름없 -
아 가 들 - 아 아 가 들 아 오 늘 밤 - 은 - 어매품 -

는 어 - 매 아 배 기 다 리 며 석 달 마 을 산 모
는 아 - 가 들 아 아 가 들 아 피 - 묻 은 조 바
에 안 - 겨 아 배 등 에 업 혀 백 토 로 - 사 라

통 이 에 이 - 름 - 없 는 아 기 혼 - 들 울 - 고 - 있 -
위 쓰 고 눈 물 젖 은 어 매 고 무 신 신 고 고 무 신 신 고 있
지 기 전 그 - 옛 날 처 럼 좋 은 세 - 상 꿈 꾸 며 잠 들 어

네
네
라

※3절은 2번 반복

돌당골 아리랑1

채의진 작사
김보희 작곡
2007. 12. 24

반만년의 긴 긴 역사 금수강산 한반-도가
하지만 오호애재 또 이 무슨 변고인가

일본국에 강점-되어 식민통치 받았으나
승전한 연합군들 한반도의 좋은 땅을

연합군과 일본국간 제 이차 세계대전
삼팔선 경계삼아 남북으로 갈라놓고

일천구백 사십오년 팔 월달 십오일에
남녘땅은 자본주의 미국측이 점령하고

연합군이 승전하고 일본국이 패전하니
북녘땅은 공산주의 소련측 이 점령하여

일씨구 나절씨구나 한반도가 해방됐네
금수강산 한반도를 두 나라로 만들었어

아리랑 아리랑 돌당골 아리랑
오호라 오호통재 한반도 비극이여

돌당골 아리랑 2

채의진 작사
김보희 작곡
2007. 12. 24

태백산맥 지맥인 소백산맥 힌 자라에
스물네집 초가집들 방화하여 불태우고

대홍수 방주진설 진해오던 배녀미산
천진한 마을주민 아이어른 가림없이

배녀미산 산줄기에 둘러쌓인 돔당골에
마을앞 논바닥과 마을뒤 산모퉁이

일천구백 사십구년 십이월 이십사일
두곳에 도아놓고 집단학살 자행해서

남녁나라 국군들이 느닷없이 이들 이닥쳐
마을주민 팔십육명 억울하게 참살됐네

국군들이 왔는데도 반겨주지 않는다고
오호라 오호통재 돌당골 비극이여

빨갱이 동네라고 망축스런 누명써
아리랑 아리랑 돌당골아리랑

돌당골 아리랑3

돌당골 아리랑4

돌당골 아리랑5

채의진 작사
김보회 작곡
2007. 12. 24

제13장

부록

· 호소문

· 미신고 유족 신고서
· 유해발굴 장소 신고서

· 대법원 판례

· 과거사 사건별 인용 금액표
· 집단 살해의 방지 및 처벌에 관한 조약
· 국가 상대 손배상 소송 중
· 1차 탄원서
· 2차탄원서
· 3차 탄원서

호소문

대한민국 정부는
특별법을 제정 6 · 25전후 공권력에 의한
민간인 희생자 114만을 발본 색원
유가족 1,000만의 恨을 풀어달라.

1. 진실 화해를 위한 과거사 정리 위원회로부터
   8,700명의 진실 구명이 웬말인가?
   @ 0.8%의 진실 규명이 진실 규명인가?

2. 희생자 6000~7000명 정도 배보상으로
   @ 총 5,000억원~1조원 정도 배보상이 웬 말인가?

3. 정부에서 군인과 경찰의 총살에 의한 민간인 희생이
   대법원의 조정 판결로 8,4,8,4 판결이 웬말인가?
   @ 정부의 공권력에 의한 민간인 희생을 65년 후에야 희생자 8,000만 원, 배우자 4,000만 원, 부모,자녀 각 800만 원, 형제자매 각 400만 원은 무슨 근거의 배보상액인가?
   @ 대일 위안부 배보상은 얼마를 요구할 것 인가?

4. 적대 세력에 의한 희생자도 국가는 배보상 하라.

@ 국가가 국민의 생명을 보호하지 못 하였다.

5. 유해 발굴 및 추모 사업을 하라.
　@ 행불자, 매몰자, 형무소 사건 등 시신을 돌려 주지 않고서 배보상의 기각이 웬말인가?
　@시신에 대한 보상 포함 충분하게 보상하라.

우리 유족은 국가 재정이 파탄 되길 바라지 않는다.
국가가 있고 경제 대국이 되었으니 적합한 배보상을 하라.

첨부
1. 미신고 유족 신청서
2. 유해 발굴 장소 신고서

1. 6·25 전후 공권력에 의한 민간인 희생자 미신고 유족 신고서

미신고 신청서			접수번호			사건번호	
			사건유형	□1호 □2호 □3호 □4호 □5호 □6호			
신청인 □ 개인 □ 단체	성명		생년월일			희생자와 의 관계	
	단체						
	주소					연락처	집전화
							휴대폰
희생자 한가족 일때 (타가족 일 때는 별도 작 성)	1	성명		본적			시신수습
		생년월일		주소			호적기록
		희생일자		희생장소			족보기록
	2	성명		본적			시신수습
		생년월일		주소			호적기록
		희생일자		희생장소			족보기록
	3	성명		본적			시신수습
		생년월일		주소			호적기록
		희생일자		희생장소			족보기록
가족 현황	희생자 명	배우자 명	자녀 명	형제/자녀 명	기타		총 명
신청의 원인이 된 사실	미신 고 사유	1. 진실화해위원회 여부를 알 수 없어					
		2. 진실규명 후 배보상이 불투명해서					
	본 미신고 신청서가 채택되며 구체화 될시 상세하게 기록 요구 계획 간단하게 기록을 요구함.						
희비 여부	없음. 본 사고가 구체화 될 시 희비 관련 및 상세 기록 요구 계획						

2016년 월 일   신청인   서명 또는 인

보내실 분 : 호남지역 미신고 유족(전국 관리 불가)

보내실 곳

　　　사단법인 호남 다 지역 과거사 유족회　고재언 회장

　　　주소 : 서울시 서초구 신반포로 171, 215도 303호(잠원동 신반포 6차 APT)

　　　연락처 : 010-6875-8578, 02-533-8578

　　　이메일 : juko44@naver.com

2. 6·25 전후 공권력에 의한 민간인 희생자 유해 발굴 장소 신고서

유해발굴 장소 신고서		접수 번호			사건번호		
		사건 유형				1호 2호 3호 4호 5호 6호	

신청인 개인 단체	성명		생년월일		희생자와의 관계	집전화	
	단체명						
	주소					휴대폰	

	희생자수	명	희생자현황	보존	변경	희생장소(주소)
희생지역이 동일 지역일 때 타지역 은 별도 작성	희생일자		시신수습	명		
	희생자수	명	희생자현황	보존	변경	
	희생일자		시신수습	명		
	희생자수	명	희생자현황	보존	변경	
	희생일자		시신수습	명		
	희생자수	명	희생자현황	보존	변경	
	희생일자		시신수습	명		

신청의 원인이 된 사실	미신고 사유	1. 진실화해위원회 여부를 알 수 없어 2. 진실규명 후 배보상이 불투명해서
	본 미신고 신청서가 채택되며 구체화 될시 상세하게 기록 요구 계획 간단 하게 기록을 요구함.	
희비 여부	없음. 본 사고가 구체화 될 시 희비 관련 및 상세 기록 요구 계획	

2016년   월   일   신청인   서명 또는 인

보내실 지역 : 호남지역 만(전국 관리 불가)

보내실 곳

    사단법인 호남 다 지역 과거사 유족회   고재언 회장

    주소 : 서울시 서초구 신반포로 171, 215도 303호(잠원동 신반포 6차 APT)

    연락처 : 010-6875-8578, 02-533-8578

    이메일 : juko44@naver.com

과거사 사건별 판결 인용금액표

사건개요	당사자	사건번호	선고형 / 구속기간	위자료 본인	부, 모	처	자	형제
인혁당	우홍선 외	06가합92412	사형 / 사형	10억		6억	4억	1.5억
인혁당	전창일 외	07가합112047 2009나61976	20~15년 / 7년10월	6억	3.5억	3.5억	2억	7천5백
인혁당	전창일 외	07가합112047 2009나61976	무기 / 8년8월	7억		4억	2.5억	
인혁당	이성재	09가합29804 2009나73730	무기 / 8년6월	10억		6억	2억	
인혁당	이현세	09가합29804 2009나73730	5년 / 5년1월	4억	2.4억			6천
남파간첩	함주명	2005가합88966 2006나112047	무기 / 14년6월	7억		4억	1억	
조작간첩	최종길	2005나27906	고문사망	5억		4억	3억	5천
민족일보	조용수	2008가합76216 2009나103105	사형 / 사형	10억	3억			1억
민족일보	양실근	2008가합76216 2009나103105	5년 / 2년6월	3억		1.5억	1.5억	
무고한 시민들을 고문 등 가혹행위를 통해 공안사범으로 처벌한 사건(아람회)	박해전 외	2007가합96633 2009나103518	6~3년 / 2년5월	7억	3억	3억	2억	1억
무고한 시민들을 고문 등 가혹행위를 통해 공안사범으로 처벌한 사건(아람회)	김난수	2007가합96633 2009나103518	4년 / 2년5월	5억	2억		2.5억 (명예훼손 1억 추가)	
무고한 시민들을 고문 등 가혹행위를 통해 공안사범으로 처벌한 사건(아람회)	김창근	2007가합96633 2009나103518	1년6월 / 1년7월	4.5억	2억			5천
무고한 시민들을 고문 등 가혹행위를 통해 공안사범으로 처벌한 사건(아람회)	김현칠	2007가합96633 2009나103518	1년6월/집유3년 / 1개월	4억	2억			5천

사건	원고	사건번호	기간					
민청학련	이강철 외	2010가합14877	15년 / 7년4월	5억	2억			각 7천
			15년 / 2년9월	3억	1억			5천
			10년 / 11월	1.5억	6천			3천
	김형기 외	2010가합21998 2010나110031	무기 / 6년~4년	10.5억	4억	4억	2억	2억
			15년~10년 / 9월~1년	5.5억	1.5억	1.5억	7천5백	7천5백
반국가단체를 이롭게 할 목적으로 오송회라는 단체를 조직하였다는 이유로 교사들에게 간첩죄의 누명을 씌워 처벌한 사건	김문자 외	2009가합98350 2011나7484	7년~5년 / 4년6월	13억	6억	3억		
			3년 / 3년2월	12억	5억			
			2년6월 / 2년4월	11억		5억	3.5억	
			1년 / 1년	5.5억		3억	2억	
이수근의 조카라는 이유로 간첩죄의 누명을 씌워 처벌한 사건	배경옥 외	2009가합77537 2010나15594	무기 / 20년10월	30억	2.5억	6억	4억	2.5억~1.5억

※ 위 부, 모, 처, 자, 형제자매에 대한 위자료액은 1인당 인용금액을 표시한 것임.

※ 위 사례 중 우홍선, 함주명, 최종길 사건은 지연이자기산일이 불법행위 시부터 임.

법무법인 덕수
DUKSU LAW OFFICES
서울 강남구 역삼동 814-5 흥국생명빌딩 7층   TEL (02)567-6477, FAX (02)567-8224

4. 집단살해의 방지 및 처벌에 관한 국제 조약

(convention on the prevention and punishment of the genocide)

1948년 12월 9일 유엔 총회는 집단살해의 방지 및 처벌에 관한 조약 일명 (一名) 제노사이드조약(Genocide)이라 약칭을 채택하고 51년 1월 11일 효력이 발생하였다. 우리도 1951년 10월 14일 이 조약을 승인하고 가입하고 있다.

제 2차 세계대전후 연합국이 설치한 국제군사재판소 조례가 새로운 전쟁범죄로서 유영화 했다. [인도(人道)에 대한 죄(罪)]를 조약화한 것으로 독일 나치스나 일본이 행한 것과 같은 비인도적 행위를 처벌할 것을 목적으로 하며 전시(戰時) 나 평시(平時)를 불문하고 집단살해가 국제법상 범죄(犯罪)라고 하여 그 행위자 개인, 국가원수(國家元首), 공무원, 또는 개인 누구를 불문(不文)하고 처벌을 하는 것으로 하여 기타 전쟁범죄의 수행과는 관계없이 독립의 국제범죄를 실정법에 의해서 확립할 것이다. 집단살해는 조약전문(全文)에 명시하는 바와 같이 국제연합의 정신과 목적에 반하여 문명세계에 의해서 죄악이라고 인정된 국제법상의 범죄라는 것이다. 전후 도일 뉘른베르크 군사재판이나 일본 동경 극동군사재판에서 범죄화한 3가지(평화(平和)에 관한 죄(罪), 인도(人道)에 관한 죄(罪),전쟁범죄(戰爭犯罪)중의 하나로 자리매김하고 있다. 조약은 국내법과 동일한 법적 효력을 갖는다.

5. 국가 상대 손배상 소송 중

1차 탄원서

사건번호:2012 가합519918 송 송례 외 151명

가. 6·25 전 공권력에 의해 희생된 사건의 위자료 소액 판결에 대하여.

1. 60년 후에야 우리 아버님의 (사망) 위자료가 어찌하여 8천만 원이며.

2. 아버님이 희생 후 우리 어머님은 청춘에 홀로 되셔서 소작의 빈농에 고령의 조부모를 부양하고 자녀를 보육하며 가정을 지켜 주시며 평생을 먹지도 못 하고 입지도 못 하시면서 생을 마감하셨는데 어찌하여 위자료가 4천만 원 입니까?

3. 우리 자녀는 어머님이 아버님의 시신 인도 사후 처리로 심신의 허약과 건강악화, 생활고로 보육을 못 하여 영양실조로 어린시절을 보내었으며 어머님의 가사만 돌보며 교육도 못 받았는데 (국졸 또는 무학) 어찌하여 위자료가 800만 원 입니까?

4. 숙부님과 고모님은 혼전 혼후 어려운 생활에도 어머님과 함께 생활하신 노부모님을 위해 아버님을 대신하여 생계에 보탬을 주시며 교육도 못 받고(국졸 또는 무학) 부모님의 도움은 물론 내왕도 거의 못 한 생활이었는데 어찌하여 400만 원의 위

자료입니까?

5. 그러므로 8,4,8,4 의 소액 판결은 너무나 억울하오니 다음 표에 의한 전쟁 중인 6 · 25후 보도 연맹 사건과 6 · 25 전후 군경에 의한 민간인 희생 사건 판결액과 경과를 제시 하오니 청구 금액을 참조법이 허용 하는 한 최대한의 판결을 구합니다.

나. 많은 국가 재정 부담에 관하여

1. 당시 6 · 25 전후 동 사건으로 100만명이 희생 되었다고 합니다. 이 많은 희생자를 각 가정의 재정을 고려하며 희생하였습니까?

2. 금번 과거사 진실 위원회 진실 규명자는 8,700명 정도로 1%도 안 되는 진실 규명입니다.

3. 행불로 시신이 없는 유족은 추정확인으로 제외, 3년 시효경과 연락이 안 되고 배보상 소송을 몰라 인지대 등 소송 비용 없음 등으로 제외이며, 유족도 많이 사망, 연락 두절, 제적 등본미 정리로 총 2,000명 정도 0.2%소송으로 평균 5억 정도면 1조원 예산으로 과거사 정리인데 국가에서 재정 부담 운운은 국가에 책임이 전혀 없다는 것입니다.

4. 고로 국가는 보성, 고흥 지역 민간인 희생은 6 · 25전 사건으로 문경 석달동 채의진 회장 확정 판결을 참조 최대한 배보상을 하여야 합니다.

배 보상 청구 소송 현황(각자 보상액 원)

구분	희생자	배우자	부모, 자녀	형제, 자매	경과	비고
문경 석달 민간인 희생	3억	1.5억	1억	5천	대법파기, 고법판결	6.25 전
	고법 10.5억 청구에 고법확자청구 요구로 47억 확장 판결					
나주 해남 민간인 희생	2억	1억	1억	5천	원심확장 판결 후 항소 확정 판결	6.25 후
고양 금정굴 민간인 희생	2억	1억	5천	1천	원심 확장 판결 후 항소 확정 판결	6.25 후
울산 보도 연맹	8천	4천	8백	4백	대법파기환송고법 청구액 축소 판결	6.25 후
오창, 창원 보도 연맹	8천	4천	8백	4백	대법파기환송고법 청구액 축소 판결	6.25 후

2013.4. 희생자

관계   원고   유족   서명

서울 지방 법원장   귀하

2차 탄원서

사건번호:2012 가합519918 송 공례 외 151명
원고:고재언 유족회 회장입니다.

가. 전일 제출 탄원서 내용은 제외하고 누락 또는 추가사항입니다.

1. 저의 아버님은 당시 우리집 골방에 송판으로 책걸상을 손수 만드시며 야학을 장기간 하신 심훈의 상록수 주인공같은 분으로 추석날 아침에 연행되어 희생되셨습니다. 당시 만 5세인 저는 상기 2가지 사항을 똑똑히 기억합니다. 그러므로 우리 아버님도 살아 계셨으면 대학 교수도 하고 장관도 하실 수 있고 대사업가도 될 수 있는데 당시 희생되었으니 얼마나 통탄합니까?

과거 공권력에 의한 희생의 손해 배상은 수명할 시까지 수익과 이자 포함하고 위자료를 합산하여 손해배상하는데도 아버님의 희생(사망)에 대하여 단지 8천만 원 위자료 배상이 어찌 된 일 입니까?

2. 조부모님은 믿었던 장자를 잃으시고 평생을 눈물과 한숨으로 보내시며 마지막에는 80고령에 농사일 노동 하시는 것을 볼 수 없어 대학 졸업 전 원자력연구소 임시직 박봉으로 어머님과 함께 전 가족 서울로 이주, 10여 년 모시다 생을 마감하셨습니다. 그런데 800만 원 위자료가 웬말입니까?

요즘 젊은이들 자식 사랑을 볼 적에 조부모님의 고통에 피눈물이 납니다.

나. 유족회 회장으로 유가족 현황에 대하여는

경찰청으로부터 유족회를 결성 위령제를 지내도록 본인에게 지시하여 진실 규명 결정서의 지역에 연락하니 이주하여 거의 연락이 불가합니다. 개인 정보 유출의 미명 하에 전화 연락처 삭제에 의한 사항입니다. 그리하여 국가 기록원에 사정 전화번호 발취 연락하니 전화번호 교체 및 요금미납으로 취소돼어 절반은 소송 불가입니다.

1. 당시 전남 영광 지역은 군민의 절반 정도가 희생 되었다고 합니다. 그리하여 호적 정리할 사람도 없고 관에도 능력있는 사람이 없어 호적 정리도 안 되고 교육을 못 받아 문맹으로 신고 못하여 소송을 할 수 없는 유족이 태반입니다.

2. 당시 남녀 노소 희생이며, 일가족(9명도 있음) 전원 희생으로 소송은 물론 신고도 못 하는 유가족이 많습니다.

3. 상기 사항은 모든 책임이 국가에 있습니다.

다. 배보상 소송 현황이 다음과 같습니다.

1. 문경 석달동 사건은 6 · 25 전 민간인 희생 사건으로 대법원 파기 환송 후 서울 고등법원 당초 청구액 10.5억에서 법원

증액요구로 47.6억에 확정 판결을 하였습니다.

2. 해남 나주부대 사건은 6 · 25 후 민간인 희생 사건으로 서울지방법원에서 희생자 2억, 배우자 1억, 부모 자녀 각 1억, 형제 자매 각 3천으로 법원에서 증액 판결 후 서울 고등법원 확정 판결입니다.

3. 고양 금정굴 사건은 6 · 25 후 민간인 희생 사건으로 서울지방법원에서 희생자 2억, 배우자 1억, 부모 자녀 각 5천 형제 자매 각 1천으로 법원에서 증액 판결 후 서울 고등법원 확정 판결입니다.

4. 그러므로 상기 판결은 재판부의 고유 권한에 의한 판결이라 사료됩니다.

5. 그러나 요즘 희생자 8천, 배우자 4천, 부모 자녀 각 8백, 형제 자매 각 5백 판결은 우리나라 헌법에 의한 입법, 사법, 행정 3권 독립에 반한 행정부의 요구에 인한 결과라 사료됩니다.

6. 63년 전 사건을 항고와 상고로 시간을 연장하여 적은 금액으로 천천히 배상하겠다는 것입니다. 63년 전 사건으로 당시 유족은 대다수 사망하였으며 생존 유족도 70~80세의 고령이므로 한시 빨리 배상하여 유족의 한을 조금이나마 풀어주시기 바랍니다.

7. 국가 측 변호사나 국방부 법무팀은 자기 부모의 당시 희생으로 생각, 시효관련 기각 요구, 국가 재정 고려 소액 판결 요구를 매소송 똑같이 공통으로 요구하며 항고, 상고로 시간 끌기가 아닌 조속 종료로 추진바랍니다

8. 원심 소액 판결시 항소하여야 하는데 1.5배의 인지대가 소요되며 기초수급자가 많아 항소를 포기할 지경으로 이 또한 국가는 이중삼중으로 유족을 괴롭히는 사항입니다. 현명한 재판장님이 원심에서 최대한의 판결을 하여야 합니다.

라. 많은 국가 재정 부담에 관하여

1. 당시 6 · 25 전후 동 사건으로 100만 명이 희생 되었다고 합니다. 이 많은 희생자를 각 가정의 재정을 고려하며 희생 하였습니까?

2. 금번 과거사 진실 위원회 진실 규명자는 8,700명 정도로 1%도 안 되는 진실 규명입니다.

3. 행불로 시신이 없는 유족은 추정확인으로 제외 3년 시효 경과 연락이 안되고 배보상 소송을 몰라 인지대 등 소송 비용 없음 등으로 제외이며 유족도 많이 사망, 연락 두절, 제적 등본 미 정리로 총 2,000명 정도 0.2%소송으로 평균 5억 정도면 1조 원 예산으로 과거사 정리인데 국가에서 재정 부담 운운은 국가에 책임이 전혀 없다는 것 입니다.

4. 고로 국가는 보성, 고흥 지역 민간인 희생은 6 · 25 전 사건으로 문경 석달동 채의진 회장 확정 판결을 참조 최대한 배보상을 하여야 합니다.

마. 결론으로 요구 사항

1. 희생자 8천, 배우자 4천, 부모 자녀 각 8백, 형제 자매 각 4백 판결하실까봐 너무나 억울하여 마스크하고 묵비권 시위 계획을 변호사님이 반대했습니다.

2. 본 사건은 6 · 25 전 민간인 희생 사건으로 전쟁 중 부득이 상황이 아니므로 현명한 판사님 고유 권한으로 다음 소송 현황 총 청구액 참조.

서울 고등법원 6 · 25 전 사건 문경 석달동 사건 확정 판결기준 판결을 바랍니다.

3. 본 사건은 6 · 25 전 63년전 공권력에 의한 무고한 민간인 희생 사건이으로 덕수법인 제출 준비서면 "피학살자 유족회 활동 사건별 판결인용 금액표"와 "과거사 사건별 인용 금액표"에 의해 동등 이상의 판결을 하여야 합니다.

배 보상 청구 소송 현황(각자 보상액 원)

구분	희생자	배우자	부모, 자녀	형제, 자매	경과	비고
총 청구액 민간인 희생	5억	2억	2억	5천	전남 담양 등 11개 지역 원심 중	
문경 석달 민간인 희생	3억	1.5억	1억	5천	대법파기, 고법판결	6.25 전
	고법 10.5억 청구에 고법확자청구 요구로 47억 확장 판결					
나주 해남 민간인 희생	2억	1억	1억	5천	원심확장 판결 후 항소 확정 판결	6.25 후
고양 금정굴 민간인 희생	2억	1억	5천	1천	원심 확장 판결 후 항소 확정 판결	6.25 후
울산 보도 연맹	8천	4천	8백	4백	대법파기환송고법 청구액 축소 판결	6.25 후
오창, 창원 보도 연맹	8천	4천	8백	4백	대법파기환송고법 청구액 축소 판결	6.25 후

2013.4.23. 동등한 사항으로 유가족을 대표하여

희생자 고광율 관계자 유족 대표 고재언 드립니다.

서울 지방 법원장 귀하

3차 탄원서

사건번호:2012 가합519918 송공례 외 151명
본 소송 원고 유가족 고재언 유족회 회장입니다.

가. 한국 전쟁 유족회 주관 사법부 규탄 기자회견 집회가
2013.7.9. 13시 대법원 정문에서 성대하게 하였습니다.

1. 100만 희생자의 유가족이 500만인데 500명 정도의 집회
였습니다. 집회 보호 경찰관도 500명 정도입니다.
2. 거의 70세가 넘는 극 노인들의 집회로 차분히 질서를 지키
며 구호를 외치고 여러 곳의 비참한 사례 발표 후 기자 회견하
고 해산하였습니다.
3. 본 집회는 인터넷으로 전국에 공고 되었으나 유가족은 인
터넷기기도 없으며 연락도 불가이고 생활고로 비용들여 집회
참가 불가입니다.
노동조합 등에 의한 정부규탄 집회는 이러한 일이 발생하지
않습니다.

나. 본 사법부 규탄 집회를 고려시 금번 우리의 원심 판결은 다음 표
에 의해 다음의 사유로 최소한 인지 납부 청구액의 판결을 구합니다.

헌법에 의한 삼심 제도는 원심에 이의가 있을시 항소이므로

원심을 정확히 하여 주시기 바랍니다.

　1. 5월 16일 대법원 전원 합의 판결에 6 · 25 후 전쟁 중 사건인

　2. 울산과 오창 창원 보도연맹 판결액이 모든 사건에 적정하는 판결문은 아닙니다.

　2. 3년 시효와 추정 확인자 구제 방안에 대한 판결입니다.

　3. 우리 유족은 문경 석달동과 나주 해남, 고양 금정굴 판결에 의해 청구했습니다

　4. 원심에서 소액 판결은 정부에서 63년 후에 재판에 의해 배보상하면서 인지대 등의 소송비용을 2중 3중으로 씌우는 결과입니다. 왜냐하면 항소 할 수 밖에 없습니다.

　5. 유가족은 거의 70세 이상으로 경제력이 거의 없으며 병약하고 실제 기초수급자가 많은 실정인데 소송 비용을 바가지 씌우면 안됩니다.

　6. 변호사 수임료는 거의 후불이며 인지대 등 소송 비용도 대납이며 실제 인지대 등 소송 비용이 없어 소송 포기자가 많은 실정입니다.

　7. 우리는 6 · 25 전 민간인 희생 사건으로 원심에서 나주 해남 고양 금정굴 기준 판결액의 판결을 구합니다.

배 보상 청구 소송 현황(각자 보상액 원)

구분	희생자	배우자	부모, 자녀	형제, 자매	경과	비고
문경 석달 민간인 희생	3억	1.5억	1억	5천	대법파기, 고법판결	6.25 전
	고법 10.5억 청구에 고법확자청구 요구로 47억 확장 판결					
나주 해남	2억	1억	1억	5천	원심확장 판결 후	6.25 후
민간인 희생					항소 확정 판결	
고양 금정굴 민간인 희생	2억	1억	5천	1천	원심 확장 판결 후 항소 확정 판결	6.25 후
울산 보도 연맹	8천	4천	8백	4백	대법파기환송고법 청구액 축소 판결	6.25 후
오창, 창원 보도 연맹	8천	4천	8백	4백	대법파기환송고법 청구액 축소 판결	6.25 후

　　상기 표에 의한 6 · 25 전후 군경에 의한 민간인 희생 사건 배보
상 현황은 기제출 소장에 제출하였으며 최근 판결결과를 별첨과
같이 제출합니다.

　　첨부 제 1호증. 탄원서(한국 전쟁 전후 민간인 희생자 전국유족회)

　　제 2호증. 사법부 규탄 구호: 1매

　　제 3호증. 사법부 규탄 구호: 1매

　　제 4호증. 사법부 규탄 집회 사진 10매

　　제 5호증. 사건번호 2012 가합 515992 판결문 발췌분 사본 1부

-끝-

2013.7.1.　　작성자　　위　고재언

서울 중앙 지방 법원장 귀하